純粋な人間たち

De purs hommes

モハメド・ムブガル＝サール　著
Mohamed Mbougar Sarr

平野暁人　訳
Akihito Hirano

英治出版

純粋な人間たち

本文中、一部に差別的・不適切とされる語句や表現がありますが、物語の主題に関連する用法であることから、原文を尊重し、そのまま訳出しています。

差別・偏見を助長する意図はございません。

第一章

「あの動画観た？　一昨日から出回ってるやつ」

　僕は快楽の余韻に身を任せて眠りこんでしまおうとしていた。そうはいかなかった。この地上ではいつだって慈悲に満ちた声が最大の災厄をもたらしてくれる。そうして素面《しらふ》に戻されてしまう。声は執拗に、「携帯持ってる人ならみんな観てるんじゃないかってくらい。テレビでもどこかの局が流したんだって。すぐ中断されたらしいけど……」

　仕方ない。観念して僕は寝室に、汗ばんだ腋窩と煙草の香りが漂い、それにもまして、他のすべての匂いを圧倒するように、性器の、彼女の性器のくっきりとした痕跡が支配する空間に帰還した。嗅覚に訴えかける唯一無二の徴《しるし》。それを、交わりの後の性器の匂い、満潮の匂い、楽園の香炉からたなびいてきたかの如きその匂いを僕は、たとえ幾百千の匂いの中からでも嗅ぎ分けてみせただろう……。闇が濃さを増してきていた。何時ごろと言えるような時間は過ぎている。深夜。

　それでも、外では声の破片たちが薄らいでゆくのを拒んでいた。疲れ果て、けれど眠る楽しみをとうに見失った人々のさざめき合う音が聞こえる。話している、のだろう。どこから来てどこへ行くとも知れないフレーズや、未完の独り言、終わりのないやりとり、届かない呟き、大袈裟な反応、感情のこもっていない間投詞、傑作なオノマトペ、夜がさせる鬱陶しい説教、みじめな愛の告白、卑猥な罵詈《ばり》の数々を指して、ことごとく話すと呼ぶのならば。話す。違う、断じて話してなどいない。奴らは言葉とその連なりを脂ぎったソースよろしく口からだらだら垂らしているのだ。流れ出したソースは、どこへゆくでもなく、しかも、どこへでもゆき、ひたすら口の外へ飛び出し、死にも等しく作用しかねないものをなんとしても遠ざけておこうと躍起になっている。すなわち、沈黙を。奴ら一人ひとりにありのままの自分を直視させずにはおかない、かの恐るべき沈黙を。茶をすすり、カードに興じ、憂いと倦怠に沈みこんでいながら、うわべだけは高邁《こうまい》に、洗練された風を装うことで己の無力を選択の産物のごとく演出し、ある者はそれを、高みから、尊厳と名付ける。クソったれが。奴らが言葉を発するたび、身振りをするたび、その一つひとつにかけようとする実存の重さは、一切の重みを持たない。運命の秤はぴくりとも動かない。針はゼロを、虚を、指し続ける。なによりおぞましいのは連中の死にもの狂いの抵抗が、その営みの本義にふさわしい壮大な舞台で繰り広げられてはいないことだ。それどころか、砂埃舞う薄汚れた通りの一隅で、闇に紛れ、無限の匿名性の中で行われる。なによりだ。互いの姿が見えていたりした日には、一人残らず自殺してしまうだろうから。それでなくてもじゅうぶん惨めだというのに。連中は待っているのだ。何をかは神のみぞ知る。ゴドーか。夷狄《いてき》か。タタール人か。シルト人か。野生動物の投票か。誰をかは神のみぞ知る。連中の内の誰かが笑い声を上げるたび、そいつが宙へ投げ出した、懊悩《おうのう》の詰まったブイのようなものが、上空で破裂している気がした。その様に敬意を表す者もいる。見ろよ、あの人たちはなんて肝が据わってるんだろう！　なにがあっても笑ってる！　死に向かって生命への信仰を突きつけてるんだよ！　貧しくとも気品があるな！　とかなんとか。そうやって感動して、叙勲も辞さない勢いで、威厳に満ちた立派な胸像をいくつも建立するわけだ。僕に言わせれば、像を建ててもらえるのは死者か英雄か、さもなきゃ独裁者だけだ。夜の住人達、あいつらは、ただただ惨めなだけじゃないか。僕はあの実体を欠いた度胸のメッキを剥がしてやりたいんだろうか？

「ねえ聞いてた？」

「うん、あの動画の話だよね」

「おっ！　観たんだ？」

「いや、なんの動画かはよくわかってないんだけど」

「え、じゃあなんで『あの動画』って言ったわけ？」

「わかんない。なんかつられて」

「聞いてなかったんじゃん」

「うーん、うん、あんまり。ごめん。でも『動画』って言ってたのは聞こえたよ。何の動画？」

「ちょっと待って。持ってるから」

彼女はそう言って僕の肩の窪みを抜け出すや、枕、シーツ、掛け布団、それに抱擁を急ぐ二人が先刻ベッドの上に脱ぎ散らかした衣服の中で行方不明になっていた自分の携帯電話を、ものの数秒で探し出した。そうして我が上半身に再び収まる。画面が発する鮮烈な光にしばし目をやられている僕をよそに顔からわずか数センチのところで携帯を操作する彼女。程なくして、なにも、見えなくなった。画面を残して。

「僕たちはこうして自らが生きる時代のメタファーを敷衍《ふえん》しているわけだ。誰もが盲いた時代、そこではテクノロジーのもたらす光が人々を照らし出すばかりか瞳孔を突き破り、世界を常闇《とこやみ》へと沈め、さらには……」

「インテリなうえに」彼女が割って入った。「容赦ないよね。今言ってたことだって、聞く人が聞いたら興味深いお話なのかもしれないけどさ。わたしにはわかんない。ぜんっぜん」

嘘だ。本当はぜんぶわかってる。それどころか、こちらの言おうとしていることを必ずと言っていいほど当てて、いや、もっとこう、演繹というか、そう、まさにそうだ、たちまち演繹してみせるのだ。最初の一言を聞いただけで。ラマ。それが彼女の名前だった。活力に満ちたむき出しの知性の、その煌めきを持て余すあまり彼女は、ある種の恥じらい、あるいは謙虚さから、人前ではひた隠しにして過ごしていた。でも僕はそのくらいずっと前からお見通しだ。憤りとともに僕は仮面を剥ぎ取ってやった。

「嘘だね。そうやって息を吐くみたいに嘘を吐いて。みえみえだよ」

「盲いた世界がどうとか、ほんとどうでもいいから。だいたいみんなの目が見えなくなってるのが見えるってことは、自分はそうじゃないって思ってるわけでしょ。自分は見えてる、、、、って。でもそれ、ほんと？　なら見てみなよ、これ」

ラマが再生をタップすると、明らかに素人が撮ったとわかる、声と映像のガチャガチャ入り混じったものが流れ出した。状況を示す手掛かりは一切なく、様々な声と、人影と、息遣いだけが伝わってくる。どうやら動画を撮影している人物は一人ではなく、人の群れに取り囲まれているようだった。手元が揺れており、映像は不鮮明だったが、すこしすると安定してきた。撮影者が喋りだし——そこで男性だとわかったのだが——半分は自分のため、もう半分は動画を観ている我々のためといった感じで、なにが起きているのか周囲に尋ねるものの、誰からも答えは返ってこない。彼が腕を上方へすこし伸ばし、周囲がより広範囲に映し出されると、人々が群れを成して移動してゆくのが見えた。かなりの人数で、押し合いへし合いしている。遠くの方でいくつもの声が上がる。「墓地だ！　墓地へ向かうぞ！」「——墓地？　なんで？」問いかける撮影者。映像はまだガタガタと揺れ続けている。それにリズムの変化というか、揺れがより小刻みになって、まるで、群衆を追いかけようと、撮影者が携帯を持ったまま走り出したような感じがした。「なんで墓地なんだ？」懊悩のごとく繰り返す彼。「なんで墓地なんだ？」。またしても一切の返答は得られなかったがそのままどんどん進み続け、やがて荒ぶる男性の声がいくつも響き渡った。「着いたぞ！　あれだ！」撮影者は歩みを緩めると、独り言のように「ここは墓地の中だ。近くに行って見てみることにする」プロのナレーター気取りが滑稽と言う他ない口調でそう呟き、塊と化した群れに肘で通り道を開き（痛がる声や、憤慨している声が聞こえる）、謝りながらも、押し入り、肩をねじこみ、進み続ける。不意に画面が派手に乱れたかと思うと、真っ暗になり、数秒が過ぎた。「そこで携帯落としたみたい」とラマ。「でもすぐまた始まるから」との言葉通り程なくして、今風の醜悪な用語で言うところの「ビジュアル」が戻ってきた。撮影者は進める限界まで到達したらしく、そこから先は少しの隙間もなさそうだった。

と、口からなにか恐怖とも怯えともつかぬ言葉を漏らし、彼は携帯を人々の頭上へかざした。すると画面の中、数メートル先に、人だかりの壁に囲われるようにして、墓穴が、スコップを持った屈強な男二人の手で掘り進められている様子が映し出された。穴は既にかなりの深さで、地上という肉体にぱっくりと、大きな傷口のごとく穿《うが》たれており、あたりには、掘っている二人を除き、誰ひとり動く者はなかった。誰も彼も穴を囲んだまま立ちすくみ、静まり返って、まるで誰か身内の遺体が、さもなくば自分の身体、自分自身の魂が葬られるのを見ているかのようだ。撮影している男の手にしてからが石にでもなってしまったのか、震えが止まり、映像はくっきりと、生々しい。一心不乱に掘り続ける男二人は永年追い求めてきた財宝に今まさに手をかけようとしているとでもいった風で、一人は上半身裸、もう一人ははだけたシャツが大量の汗で肌にぴったりと張り付き、ともに息が荒い。並々ならぬ力の入れようで掘っているのが伝わってくる。粘土と憤怒を一杯に載せて、代わる代わる動かされるスコップ。穴は広がり、深くなり、やがて片方の男が言った。「よし!」。すると待ちわびていた合図を得たかのごとく、群衆から、再び、先ほどまでよりも濃厚で血の通ったどよめきが上がり始めた。どうやらなにか人智を超えたおぞましいものが穴と群衆の奥深くに横たわっているようだ。怒鳴り声が方々から響く。「引きずり出せ! 腐り始めてるぞ、この臭い! 神に背いた者の臭いだ! 決して通してはならなかった者を通した母親の性器の臭いだ！」

　なにを言っているのかわからないまま、僕は片方の男を見つめた。墓穴の脇に膝をつき、露わな上半身は穴の中まで入りこんで、筋肉が隆起している。それからものの数秒で、再び外へと出てきた。最初に肩と頭、続いて腕、そうして最後に姿を現したものは、そう、あれは確かに、なにかの先端部だった。墓掘り人の手はなんとかしてそれを墓の外へ引き上げようとしている。もう一人の男が助けに加わり、一緒になって引っ張りながら、ハアハアとあえいでは、悪態をついた。千年前から埋まっていた重たい匣《はこ》のようにすこしずつ地中から出てきつつある、なにか。群集の漏らす息は、嫌悪と快楽が相半ばして荒くなり、アッラーは偉大なり！　アッラーは偉大なり！　と何度も聞こえてきて、撮影している男自身もまたそう叫んでいた。男二人はまだ引っ張り続けていて、モノはほぼ外へ出てきており、さしずめ白い布に包まれた大きな枯れ木の断片といったところだった。二人が最後にもうひと踏ん張り、木こりがバオバブに打ちこむとどめの一撃よろしく引っ張ると、死体は穴から勢いよく飛び出して重々しくも無情なざわめきの只中へと突っこみ、怯えきった叫びがいっせいに上がってクルアーンの諳誦《あんしょう》と罵声に重なった。掘り出された体が地面に叩きつけられて砂埃が舞う。その光景に僕は目をつむり、恐ろしさと曰く言い難い不快感にとらわれたが、動画は続いており、不健全な好奇心をそそられて、再び目を開けた。

画面の中の光景は、様々な感情が飛び交い渦を巻き、次第に混沌としてきていた。人々の群れは再び移動を始めたが、来た時ほど整然とした動きではない。そんな中でも画面には白い点が、目印のように浮かんでいる。屍衣《しい》が、墓地の外まで死体を引きずってくるあいだに剥がれてきてしまったのだ。撮影者の男は死体を追い、その死体を激憤に駆られて無造作に引っぱっている人々を再び捉え、故人は土埃にまみれながら引きずられ続けていて、屍衣は打ちやられ、もはや死者を護《まも》るものは薄い腰あて一枚しか残されていないのが見て取れた。その数秒後、人々が喉の奥から絞り出す満足気な息遣いを聞きながら、僕は死者の裸体を、その突き出た性器を見た。咄嗟に見るまいとして目をつむると、かえってありありと、死者と裸体のすべてがかたく閉じた目蓋の下で、純然たる心象としてニューロンに接着され、想像力によって増幅されて耐え難いほど高い解像度で再生された。目を開けると、墓地の外へ投げ出された死体に罵詈雑言と粘ついた唾が浴びせかけられているところで、それから、唐突に、動画は終わった。あるいはラマが止めたのか、もう覚えていない。

しばらくの間、無言の時が流れた。外の声すらやんだ気がする。それはよくある長引かせるのも断ちきるのも怖くなるタイプの静寂で、どちらを選んでも最悪の結果へつながっているように思われた。といってずっと何も言わないままいるわけにもいかない。口火をきったのはラマだった。

「どう？　すごくない？」

「これ場所はどこかな？」

「ここだよ、ダカール。正確な場所まではまだわからないけど。とにかくこんなことがあったんだよ、って話」

　僕は肩をすくめた。それより他になにか言う気にもなれないし言いたいこともなかった。喉が渇いていて、舌も重たい。胸は虚ろな響きを立てている。起き上がり、窓のそばまで行って煙草に火を点けた。笑い声の数々がゆっくりと空に散らばり陰鬱な星座を描き出してゆく。僕はどうしてラマは自分にあんなものを見せるのだろうと考えた。僕が暴力的な描写を見たがらないことは知ってるはずなのに。べつに気が弱いからじゃなく、単にそういうものに下卑た快楽を喚起されるのが我慢ならないというだけなのだけれど。嘔吐の兆しが現れるや、煙草のせいで酷くなる。うんざりした気持ちがのしかかってくるのを、無駄な抵抗と知りつつ夜の闇に飲みこまれた家々を一心に眺めて追い払おうとしてみる。

「来て」ようやくラマが言った。

その声のトーンが何を意味するのか僕はよく心得ていた。吐き気に苛《さいな》まれつつ（それにつけても肉体のなんと弱いことか）、吸いさしの煙草を投げ捨ててベッドへ戻る。僕をやさしく撫で始めるラマ。やっぱり隠せない。僕はまだ動転して、どうにもいたたまれずにいた。死体が墓穴から勢いよく飛び出してきた時の映像にはらわたが締めつけられる。ラマの身体がなんだか遠い。ぎこちない自分に戸惑う。情欲を纏った営みの記憶が喪《うしな》われ、時が過ぎる。しかしそれは束の間の記憶喪失だった。全ては手に、まなざしに、吐息に、肌に、唇に埋めこまれている。情欲の記憶とは喪いえないものなのだ。自分を見失わないかぎり。欲望はものの数分で、倫理観が折り合いをつけるよりずっと早く戻ってきた（もっとも僕に言わせれば、ラマの火照った裸体に、雪辱に燃えるボクサーの握り拳にも劣らぬ引き締まった尻と、羽を束ね合わせた鞠のように小ぶりでやわらかく心地よい乳房に抗いうる倫理観など、あろうはずもないのだけれど）……。神秘にけぶる恍惚に抱かれて輝きを増す聖人のように、僕は享楽に耽った。

ある出来事を前にして畏怖の念を抱き、心底動転し、そのすぐ後には快楽に身を任せて悲劇のことは忘れてしまう。こんな風に怪物の弟と天使の妹とをくるくると、あるいは同時に体現してみせるのは人間だけだ。どれほど真摯な慎みも決して長続きしない。それとも単に僕がそういう人間なのだろうか。

まだフランスで学生をやっていた時分、母の死を報《しら》された直後に、悲しみに打ちひしがれ、当時の彼女の腕の中に崩れ落ちたのを思い出す。マノンという名前で、父から電話があった時は彼女と一緒にいた。この地上に誰一人として受け取りたがる者のなく、けれど誰一人として免れ果たせる者のないその運命の報せを彼女は我がことのように受け止めてくれた。僕を慰め、子どものように胸にぎゅっと抱きしめてくれるマノンのブラウスを僕は涙でぐしゃぐしゃにしてしまった。そのまま長いことそうしていた。季節は冬、クリスマスも間近に迫っていた。骨を軋ませる灼けつくような寒さと、世界にかけられた早熟な夜の帷《とばり》と、一年のうちこの時期になると決まって付き纏う鬱屈と。そうしたすべてが僕の痛みに共鳴し、しかもその元凶はおぞましくも単純な事実だった。母が、死んだ。

　僕は長いことマノンの腕の中で泣いていた。それから不意に、涙に頬を濡らしながら、自分でも驚きぞっとしたのだけれど、身体が突き動かされるようにして彼女の胸を、内腿を撫で始め、次いで服を脱がせにかかった。その時とつぜん、めちゃめちゃに抱いてやりたいという常軌を逸した昏《くら》い欲求がせり上がってきたのだ。最初は、拒まれた。けれど母の死を報されたばかりの男にすこしばかりの励ましを求められて、断りきれる人間がいるだろうか？　マノンは最後には折れてくれた。それが倒錯した欲望からだったのか、同情か、キリスト教徒としての慈愛に動かされたのか、真に愛情からだったのか僕には知る由もない。それとも怖かったから？　逆上した僕に犯されることを恐れたのだろうか？　犯す？　僕は彼女を犯したのか？　今の今まで夢想だにしなかった。神様……。彼女とはその後、二度と会うことはなかった。

しかしそれでもやはりその夜が、母の死を知ったその夜が、僕にとっては、マノンとの最高の一夜でもあったことに変わりはない。ところがやはりその同じ夜に、痛みと、つまり喪失の果てしない痛みと肉体的な官能とのあまりに深い融合を経た僕の魂が、疲弊し、瀕死となりながらも、自分の目に、自分の人間性の根底を成していると映るものについて確信を深めたのだった。すなわち悲劇性について、あるいは怪物性について。僕はしかし、その怪物性の只中にあってなお、男でしか、傷ついたちっぽけな男、惨めで、不幸せで寄るべない男でしかなかった。僕はあの夜死んで当然だった。死ぬべきだった。そしたらきっと幸せだったろう。母にまた会えただろう。

僕たちは夜に取りこまれていた。時は緩慢に刻まれ、まるでこの世界が数秒後には呼吸を止めようとしているかのようだった。僕たちを道連れにして。眠りへ落ちてゆくふたり。ラマを背中から、傷ついた小鳥のように包みこむ。そうしていると神経質な人が並べた小さな二本のスプーンみたいだった。そうしていてもラマは、夢うつつながらにまだ喋っている。もはや達人の域と言うしかない。

「どう思う？」

「どうって？」少し間があってから、僕は答えた。脳の回路をすぐには繋ぎ直せなかった。

「さっきの動画」

「どうって言われてもなあ……。うわっとは思ったけど、どう捉えるべきかは今の時点ではわからないな。おそらくゴール・ジゲンなんだろうと思うし……」

　ラマは僕の腕の中から抜け出すと、振り返り、まじまじと顔を見つめて、まなざしで僕を徹底的に痛めつけた。両の唇は震え、やがてやっとのことで漏らした言葉には怒りが漲《みなぎ》っていた。

「ゴール・ジゲンなんだろうと思う？　なにそれ？　それ以外に考えられるわけ？　この国でお墓に入ることを許されないのはあの人たちだけでしょう。生きていても死んでいても居場所がないのはあの人たちだけでしょう。それを、どう捉えるべきかわからないとか言うわけ？」

　僕は口をつぐんだまま少しの間、最適解を探した。今の声から察するに一線を越えてしまったようだ。何を言っても悪く取られるだろう。何を言わなくても結果は同じだろう。

「うん。わからない。だいたいさ、たかがゴール・ジゲンの一人や二人」

そう言った自分の確固として頑《かたく》なまでの口調に我ながら驚かされた。うっかり口をついて出た言葉でもなんでもなかったのに。けれどそれなら、口にした次の瞬間、自分の内に怪物が棲みついているような、自分がその怪物に駆逐されてしまいそうな、あるいは逆に、いやきっと同じことなのだろうが、自己の奥底に閉じこめられてしまいそうな気分になったのは、いったいどういうわけなのだろう？　他ならぬ自分という存在の中で異質なものが蠢《うごめ》いているこの感覚はどこからやって来るのだろうか？　確かに感じたのは、最後のフレーズを口にしている時、自分が自分でなくなっていたことだ。僕が開いていたのは公共の口、いわば墓穴で、そこに埋葬されているのは――けれどたびたび蘇ってくるのは――この国の大多数の意見だ。自分の生殺与奪を握る旧弊な勢力の口に、僕はなっていた。私人としての本音も見失っていた。そんなものを持つこと自体、この件に限って言えば、危険に思えた。だから僕は過剰に冷たく振る舞ってみせたのだ。自らを監視する世間の目に軟弱罪の現行犯で取り押さえられるのを恐れでもするかのように。寝室という裁判所で、ラマと二人きり、僕はそうやって自分の文化を、目に見えずとものしかかるその存在感を、積み重なった歴史と、そこに宿る無数のまなざしを前に、改めて誓いを立てたのだった。

しかしながらラマの、黒く敵意を帯びたそれは、僕を毒矢の束で射貫いていた。どんな蔑みの言葉を投げつけてやろうか頭の中で探しているのが聞こえてくるようで、一切の酌量を認めない判決の冒頭が、彼女の脳内で火入れの炎のごとく燃え上がり、いまにも僕を罪人として焼き尽くさんとしていた。「あんたって……わかってんのかな、このクズは、自分の……おめでたいヘテロの豚野郎が……あんたなんてただの、ほんっとただのしょぼくて惨めな……よくそこまでふざけた物言いが……」。それでもラマは飽き足らないようだった。どの言葉も表現も、僕のために設《しつら》えた火刑台を呑みこむ炎となるにはあまりに弱く、怒りに圧《お》されて消えてしまうのだ。探し抜いた果てに、ラマはとうとう激しい苛立ちよりさらに手ごわい状態に移行した。そう、冷えきった怒りに。

「時々思うんだよね」ラマはようやく口を開き、「わたしなんであんたみたいなのと付き合ってんのかなって。なんなの？　普通にしてる時は、可愛げもあるし、オープンだし、教養も、ちゃんと繊細なところだってあるのに。それがいきなり、最っ低にクソなところまでドーンて落ちる。エアポケットに入ったみたいに。結局同類なんだね、その辺の奴らと。同レベルのバカ。でもその辺の奴らは少なくとも大学で教員やってたり、知性と叡智に満ちた人間だとみなされてたりするとは限らないぶんまだマシかもね。たかがゴ、ゴ、ゴール・ジ、ジ、ジゲン、ですものねえ」

ラマは例のフレーズを皮肉と怒りに満ちた声で真似てみせた。僕は反論しようと口を開いた。だがその時間は与えられなかった。パーン！　稲妻のごとき平手打ちが喋る意欲を根こそぎ奪い、顔の左側に痛烈な火が放たれる。速く、思いきり打った証拠だ。僕は面子にかけて左頬をさすりたいという狂おしい欲求を抑えつけた。これでも男だ。ラマは既に踵《きびす》を返していた。この怒りは向こう数日は収まりそうにないし、今夜はもう口も利いてくれないだろう。ちょうどいい。これ以上議論する元気も残っていない。明日は授業もあるし。暗闇の中、卑劣の誹《そし》りに怯えることなく、僕はやっぱりすこしだけ頬を撫でた。それから疲れに任せてベッドへ倒れこむと、ほどなくまどろみへと落ちてゆきながらもそれが癒やしをもたらすに足るものではないことを予感していた。

第二章

案の定、授業は耐えがたいほど気怠い空気の中で進んでいった。睡眠の時間も質も足りていなかった僕は、ぼんやりした頭のまま、口だけは味のなくなったガムを噛むようにヴェルレーヌの作品解説をぼそぼそと呟いた。ひたすら頭にあったのは、最小限の物理的および知的エネルギーで全ての担当科目を済ませ、とっとと帰ることだけ。それゆえ修士課程の学生たちが僕の授業の虜になるような奇跡が起こらないのはむしろありがたかった。みないつも通りに精気と、やる気と、能力に欠けていた。どう考えても、十九世紀のフランス文学なんてちんぷんかんに違いない。そもそも文学というもの自体になにか求めているのだろうか。この問いは必然的に次の問いをもたらす。こんなところに何の用があるんだ? 僕は未だかつて答える術を持たなかった。賭けてもいいが本人たちも同じだろう。

僕はこの国の大学教育における外国文学、とりわけフランス文学教育をめぐる現状に以前から疑問を抱いてきた。自国の作家、つまり自分たちの社会やそこに宿る希望、不安、本質などを語ってきたとされる書き手について関心をもたせるのにすら苦心惨憺しているのだ。よその国で、一世紀も前に、今時フランス人でも大半は歯が立たないような言語で書かれた文学へ寄せる情熱を伝えようだなんて……。死人に生き返り方でも教える方がまだ望みがありそうだ。うちの学生たちときたら、バルザックのちょっとした逸話だろうが、マラルメの作としてはいちばん読みやすい詩だろうが、バルベー・ドールヴィイやヴィリエ・ド・リラダンの小説の中では最もシンプルな類の中編だろうが、ユイスマンスの長編だろうが、フローベールの筆《て》になる一文だろうが、まるで受け付けないし、もっとひどいと、まったくの無関心。どうせ片っ端から忘れてゆくものを必死に教えてなんになる？

その昔、長く波乱に満ちた――けれど栄えある――学生生活を終え学位を取得したばかりだった僕は、教え、伝えるために帰還した祖国の役に立つべく意欲と志に溢れた若き講師として、同僚の教員たちにそうしたかねてよりの疑問をぶつけて回った。比較文学の教育課程を改革したかった。授業の数を減らすのではなく、扱う内容を学生たちが身を置いている現実に即したものにするのだ。熱情とエネルギーのかぎりを注ぎこんで取り組み、時には少々激しい行動も辞さなかった。この手で変化をもたらしたかった。学科のお歴々と戦うんだと嘯《うそぶ》いていた。禿げて老眼で脂ぎって、墓場に遊ぶ幽霊よろしくひたすら学内を彷徨《さまよ》い歩き、准教授だか講師だかの地位に留まり続けることだけを願って過ごしているような年寄り連中と。化石というか恐竜というか、久しく論文も書いておらず（もしや書いたことすらないのか？）、本も出しておらず、研究もしておらず、自らの方法論を問い直すこともしなければいわんや文学のことなど考えるはずもない。十年一日のごとく同じ講義を繰り返しつつ、年が変わればせいぜい読点の位置を一箇所か二箇所、参考文献を一冊か二冊、今年はこの本でも、ちょろっとこんな引用もという調子で変えてみせるのが関の山。あとは学科を丸ごと非の打ちどころのない老人飼殺《かいごろ》施設に仕立て上げ、まだやれる気でいる奴らの息が速やかにかつ不可逆に止まるよう目を光らせているのだ。

そういうわけで、着任早々、僕は自分からどんどん動いた。シンポジウムや研究会を企画したり、それまでなかった授業カリキュラムやワークショップ、学習形態、セミナーなどを提案したり。同僚たちはといえば、二、三人の例外を除き、僕の奮闘ぶりに嘲笑うような目を向けるか、郷愁を誘う見せ物として楽しんでいるかのどちらかだった。「君を見ていると着任当時の自分を思い出すよ」「みんなそうだった。若く、理想に燃えていて」「でもまあ、遠からず君も実感すると思うよ。無駄なんだなってね」「あのね、この国では文学になんか誰も用はないんだよ。君自身だって、本当のところは……」。そこまでごちゃごちゃ言ってこないまでも、僕のがんばりを、この国で若い教員が教育にあれほどのエネルギーを費やす理由はひとつしかない、と見なしている連中もいた。とっとと出世して古参の、すなわち自分たちのポストを奪う気だろう、と。そういう奴らは、僕を支援してくれないのはもちろんだが、加えてこれでもかというくらいに妨害工作を仕掛けてきた。影響力があり、声も態度もデカく、専攻は中庭での悪巧み研究。重ねた齢《よわい》を笠に着て、学部長、それどころか学長ともかねて昵懇《じっこん》とくれば、僕の行手に仕掛ける罠のストックも無限に有していた……。

三年踏ん張った。そしてやめた。意欲が衰えたわけでも情熱が枯渇したわけでもなかった。ただ単に、現状維持のみを目的に機能する制度、目を覚ましてはまどろみゆくだけの人々、けちな王国の専制君主くずれに与えられるみすぼらしい特権を守りたい一心で冷え固まった知識を振り回す繰言屋どもの姿に、ほとほと嫌気が差したのだ。僕は口をつぐみ、求められず理解もされない教育を提供するに留める決心をした。廊下を歩けば冷笑を浴びせられた。なんだ、自分たちの若い頃より日和《ひよ》るのが早かったなあ、だそうだ。僕は答えなかった。説明なんかしようとしてなんになる？　あいつらにとって大事なのはたったひとつ、僕が負けて、自分たちが勝った。それだけ。その結論に関しては、向こうが正しかった。僕は完敗を喫したのだった。

この敗北以来、もう四年になるが、僕は徹底して最低限の仕事しかせずに過ごしていた。惰性で授業をし、年に一本か二本論文を書き（それでも学科内で一番の生産性と勤勉さを誇る研究者となるにはじゅうぶんだった）、教員に求められる事務連絡をやりとりして、それだけ。死臭は漂わせておけばいい。自分も臭っていようが、知ったことか。三十七歳にして、僕は自分の国の大学のありふれた貧弱さに甘んじていた。

それでも三年に及ぶドン・キホーテ顔負けの改革運動を通して、いつでも背中を預けておくことのできた不滅の盟友の存在については言及しておかねばならないだろう。コリー先生は間違いなく文学部一優秀な研究者だった。僕が生まれた年から教員をやっている。専門はフランス象徴派の詩人、特にサン＝ポル＝ルーに詳しく、マラルメやラフォルグよりも遥かに優れた詩性を有していると考えていて、比較文学科に配属された当時の僕の指導担当だった。ふたりでいろいろな話をするうちに友人関係へと発展してゆき、ともに文学を愛するゆえ、時には彼の贔屓の詩人を肴に延々とやり合うこともあった。僕はよくおもしろがってコリー先生に――単なる挑発ではなく実際にそう考えていたのだけれど――サン＝ポル＝ルーなんてマイナーだし、二十世紀の詩にこれといって影響を与えていないでしょう、と言った。すると先生は決まって系譜（「というのは影響とは異なるものなんだよ」）を継ぐ詩人がいないという事実こそがとりもなおさず彼が偉大な、それこそ唯一無二の詩人であることの証左なのだと反論した。

コリー先生は自分の権力と権限の能《あた》うかぎり支援してくれたし、文学部でも屈指の尊敬と畏怖の対象である彼の後ろ盾にはそれなりの威力があった。しかしながら学部長のンディアイ先生に頼み事をしたり便宜を図ってもらうのだけはどうにも嫌がり、というのもかつてコリー先生と親しかった学部長は、特権的な地位を得るために道を踏み外し、政争の闇に落ちたのだった。そして二人は袂《たもと》を分かった。コリー先生は学部長であるンディアイ先生が数年越しで待っているものを、つまり貸しを作るチャンスを与えるようなことはもうしたくなかったのだ。それゆえンディアイ先生は僕がやろうとする企画の予算申請を問答無用で却下し続けた。コリー先生は自分が頼みさえすれば通してもらえるとわかっていた。しかしプライドと潔癖さ、学内に蔓延《はびこ》るさもしさやおもねりに満ちた態度を蔑む心がそれを許さなかった。気持ちはわかる。そんな中でも先生は、学校なんかあてにせずやりたいことを貫いたらいい、と励まし続けてくれた。僕はその言葉通りに踏ん張って、やがて嫌になった。コリー先生は悲しそうだった。でも僕たちの友情は変わらなかった。同僚の中で真に人間らしい付き合いをするようになった唯一の存在だった。

二コマ目は定刻より十五分ほど早く学生を帰した。向こうと僕と、解放されたのがどちらだったのかは知る由もなかった。のろのろと荷物を片付け、足を引きずるようにして学内のカフェテリアへ向かいながら、今日が自販機の正常に作動する方の日でありますようにと祈る。出てくるのはどちらかといえば飲みものかどうか疑わしいレベルの味のコーヒーだが、あまりに頭がぼんやりしていて、今ならたとえ致死性があろうとも持ち堪えられそうだ。入り口のところで同僚二人とすれ違った。かすかな挨拶を交わす。二人とも手に白いコップを持ち、その中で黒く怪しげな飲料が湯気を立てている。どうやら当たりの日らしい。

味わおうとするでもなく最初の一口をつけようとしながら、虚ろなまなざしで掲示板に貼られたシンポジウム、研究会、講演会といった誰にも見向きもされないインテリ仲間の同好会のお知らせを眺めるともなく眺めていると不意に声をかけられ、僕は飛び上がった。

「自販機、もう直ってるんですか？　てっきりまだかと」

疲れていたせいか、ぜひともコリー先生と議論したいという気分ではなかったけれど、とはいえお供するにやぶさかではない。先生は僕の目つきに疲れの影が差したのを見咎めたらしく、

「ゲイェ先生、ちゃんと休まないと。修士課程の一年生並みにぐったりして見えますよ」

「ちょうどさっきまで修士の授業だったんです」

「それはお疲れさま。しっかり休んで、そんなおぞましいものだけは飲まないように、と

言いつつ私も今から買うんですがね。どうですか授業の調子は。我らが可愛い学生に何事か教えてやるべく今日も挑まれたんですか？」そう言いながら自販機がコーヒーを抽出するのを待つ。

「いわゆる呪われた詩人たちの紹介をしました。ヴェルレーヌですよ……」

「え……」

コリー先生はなんだか妙な、心配そうな声を出した。表情も変わっていて、遥かな回想に浸っているようにも、心配事に囚われているようにもみえる。不穏な陰は程なくして消え、僕たちは揃ってカフェテリアをあとにした。廊下を歩きながら、先生は再び口を開いた。

「さては先生、当局からのあのバカバカしいお達しを見ていないんでしょう。ヴェルレーヌやその界隈の扱いを授業でどうすべきかっていう。それとも敢えての反発ですか？」

「お達しというのは？」

「そんなことだろうと思った。なんの話かも知らないんですね……。メールボックスを確認すればちゃんと届いているはずですよ。二週間くらい前だったかな、例の一連の事件を受けての方針だとかって……。ほら、例の……。まったくバカバカしい、愚かしさが底を打たないというか……。ま、とりあえずは帰って寝なさい。ひどい顔色だ。元気になったら、近々うちへいらっしゃい。サン＝ポル＝ルーに関してちょっとした発見があってね。ぜひ先生に聞いてもらいたい」

そう言うとコリー先生は笑顔で僕の手を握ってから足早に遠ざかって行った。僕はやっとの思いで車を止めてあった場所まで行き、朦朧としつつ、帰宅すると裸でベッドに倒れこんだ。

第三章

夜半。目が覚めてそのまま寝つけない。ラマに電話したかった。ラマの匂いがシーツだけでなく、寝室の壁という壁に、吸いこむ空気の微粒子一つひとつに、僕の意識の隅々に染みこんでいた。わずか数分の葛藤のようなものを経て僕はラマの番号をタップした。するると案の定五回目の、無機質な留守電空間に切り替わる直前で電話に出た彼女は、冷えきった「もしもし」を差し出してきた。反射的に電話をきる僕。心臓が激しく打ちつけている。僕にはまだラマに立ち向かうだけの勇気がなかった。それもおかしな話なのだけれど。コールバックはなかった。そのことにほっとしているのか打ちのめされているのかわからない自分がいた。

横たわったまま、弛緩した性器を触りながら、視線は天井のいずこかを見るともなく。自慰をしたいという激しく抗し難い欲求が僕をとらえ、次の瞬間には流れ星のごとく姿を消した。途方もない孤独に自慰への情熱が掻き消されたのだ——樹液はいつだって溢れんばかりだったのだけれど。自慰に耽ったところで現実を直視すべき時を遅らせることにしかなりえないだろう。そう、ラマは来ない。つまり世界は、この夜は、意味を失っていた。悪い面を見れば、明日には意味が増す保証はないこと。良い面はといえば、今日よりも減るはずもないこと。なんだかんだいって、物事そう捨てたもんじゃない。

くぐもったようなざわめきが、やがてだんだんと大きくなり、マイクを通して喋るいくつもの声やギラついた照明や、タムタムの振動や、とにかく、夜の夜中に訪れた喧騒に僕はとうとうベッドと冴えない哲学思考練習から引き剥がされた。一連の気配が意味するところはただひとつ。近所で何かイベントをやっているのだ。ちょうどいい。こんな時は気分転換しないと。僕は出かけることにした。外は、人間が大河を成して逆巻き、人間、動物、埃にごみまで押し流していた。沸き返る街並み。祝祭の熱狂にあてられている。僕は人が大勢集まるイベントが昔から好きだった。よくいる手合いとは正反対で、みんなで一斉に、情動をありのまま垂れ流す人々を見下すような気持ちはこれっぽっちも持っていない。群衆が、群衆の中にいる人々が好きだ。自分もまたその一人。ストも、デモも、コンサートも、葬列もパレードも、サバール[1]も、集団礼拝も政治集会も、盛儀ミサも埋葬式も。群衆は人を人たらしめる条件、すなわち孤独と連帯に復権を促す。群衆はあらゆる人間と共に独白することを可能にする。群衆の内にあって人は誰かであり誰でもないのだ。

開かれていたのはこの界隈に住む裕福な男性実業家を称えるためのサバールで、数えきれないほどの文化団体に高額な寄付をしたところなのだという。実のところ、それ自体はさほど重要なわけではなかった。それどころか、何のためにサバールを行うのかなど本音を言えばまるっきりどうでもよくて、一切の理由づけは不要なのだ。以前、娘を若くして亡くした一家が埋葬の翌日にサバールを開いていたけれど、理由は「娘はサバールが大好きだったから」だった。

興奮に浮かされた群集は中心を空けて踊り手たちを待ち構えていた。と、ウォーミングアップに励む鼓手たちのもとに、人影が現れ、いくつもの照明機材が発する目も眩《くら》むような白色光に包まれると、憧れに輝く見物客たちのまなざしを一身に浴びる。凄まじい乱打を炸裂させて迎え入れる鼓手たち。轟音が陶然と渦を巻いて天へ昇った。ゆうらりと動くその影は、威厳と儚《はかな》さを纏い、キリストにも似て、恩寵を放っている。時折、磨き抜かれて無為の域に達した気高い物腰で、足を止め群衆を見渡せば、皆口々に叫び声を上げ、手を打ち鳴らし、その身を捧げんばかりに、影が自分たちに褒美としてあるいは施しとして、飢えた犬の群れに肉の切れ端をくれてやるごとく、自らの望んでやまないものを投げ

1…ウォロフ語で、タムタムの一種を指す場合と、ダンスの呼称として用いられる場合と、伝統的な祝祭を意味する場合がある。

かけてくれるよう懇願する。すなわち神々しい微笑みを。常軌を逸した厚塗りに陰影をそえる長いまつげ、ペンシルの細い縁取りでいっそうくっきりとした蠱惑《こわく》の眼差しを。それから、燃えるように身を翻し、何人《なんぴと》たりとも真似できない、官能たぎるダンスを思わせる動きで、影は再び移動を始める。スパンコールをあしらったタイトで袖のないロングドレスに身を包み、露わな両肩をかすめるように、立派な耳飾りの玉房が揺れている。ジャル・ジャリ[2]をゆったりと巻きつけた腰に、巧緻な骨盤のうねりで生命を吹きこめば、見物人たちはたまらず狂気の悲鳴を放つ。場を支配するその存在の、むき出しの足に人々は群がり、爪を覆う刺すような赤は僕の目に、離れてはいても鮮やかに映った。そのまま三周か四周してから、頭に巻いたハンカチをほどいて腰の、例の真珠のベルトの上からくくりつけると、解き放たれた長く豊かな髪が背中を黒い滝の如く流れ落ちた。サンバ・アワ・ニャングは圧倒的に眩《まばゆ》かった。

　大女優、ディーヴァ、あるいは異教の女神とでも呼びたくなる。彼はマイクを手にすると、堂に入ったラガジュ[3]に続き、淫らな中にも茶目っ気のあるタアアス[4]へ。ただそれだけで場の熱がグンと上がる。火照りを増す身体という身体。地元のやんごとなきご婦人たちが数名、それまで公の場で淑女に求められる恥じらいと慎みとを保っていたにもかかわらず、つと立ち上がり頭のスカーフやハンカチを腰骨のあたりにくくり始めれば、灼熱の一夜を予感させるプレリュードだった。サンバ・アワ・ニャングはなおも女性たちの本能を煽り立てる。昂《たかぶ》らせ、挑発し、闘技場の中央に誘き出して悪魔の舞踏会へ。最初の数人が前に出ると、抜け駆けはさせまいとばかりすぐさま何人かがあとに続く。程なく薄い腰巻に隠れて放蕩に耽る尻の数々が視界を埋めつくし、恥じらいに満ちた踊り手たちの、張りと脂肪、セルライトと筋肉、優雅な弛みの柔らかさと堂々たる臀部の安定感とが絶妙に同居する甘美な太腿をさらけだした。女たちはサンバ・アワを取り囲み、ディオニュソスに魅入られたかのごとく夢中でその輪を狭めてゆく。彼はといえば、供物として捧げられた突出部のいずれにも手を触れることなく、ひたすら唱え続けるタアアスが徐々に扇情の度合いを増してゆく。のけぞり、腰をくねらせる女たち。腰に巻かれた真珠の連なりがめくるめく官能のシンフォニーを奏でて色を添える。技を競い合うように踊る者たちの傍らに

2…大玉の真珠で出来たベルト。求愛、挑発を試みる際に身に着ける衣装。

3…よく見られる目を使った仕草。おおげさにひきつったような目つきで、挑戦、挑発、自信、決意、威嚇――あるいはその全てを同時に表現する。女性が用いることが多い。

4…セネガルで広く親しまれている詩、あるいは物語のいち形態。風刺的なもの、讃えあげるもの、卑猥なもの、愉快なもの、道徳的なものなど多種多様。

は、卑猥さを競う者たちもいて、強烈だが身近なその卑猥さは、セネガルらしいエロティシズムの一端を支えているといっていい。初めのうちはおずおずと、やがて次第に大胆に、ベコ[5]が姿を見せ始める。赤いもの、黒いもの、くすんだもの、あらゆる欲望のひだのそこかしこには見事な深い穴が穿たれ、その果てなき深淵に、夜毎、渦を巻く香に包まれながら、ひそやかな愛撫と破滅へのささやきに誘われた雄たちが、潜りこみ、我を失い、そのオデュッセイアたるやホメロスでも歌い果たせずキューブリックにも撮りきれないだろう。

　サバールの熱狂に昂りきった女たち、神が現前したとてもその声すらかき消すであろうほどの轟音を響かせるこの悪魔の遣いに魅入られた女たちにとっては、もはやベコすらもすぎた恥じらいに他ならず、もどかしげに捲り上げてゆく。すると、一瞬、性器が、黒々として中心部の赤く染まった大きな性器の数々が覗いた。決して到達しえないゆえの神秘と威厳を湛《たた》え、熱帯の果実にも似た肉づきを誇り、密毛の冠は仄暗《ほのぐら》い光沢を帯びている……。ぽっかりと、膨らんだ性器はまるで驚いているかのようにぽっかりと口を開けていた。見せつけているその刹那、開き具合と奥行きとを際立たせる女たちは、まるで自らの魂までも堪能させてやろうとするかのよう。心臓が一回鳴り終わるころには腿、ベコそして腰布と次々に幕が下りてゆき、浮世の花は秘密の園へと還された。

リズムが弾け、鼓手たちは熱狂し、救済へと続く道を垣間見て取り憑かれたような表情を浮かべていた。もはや辛抱たまらず、持ち場を放り出して女たちの踊る砂で覆われた舞台の只中へ身を投じる者たちもいた。そうして対になった男女が何組も一心に肉体を絡め合わせ始める。ふたつの肉体は、踊り続ける中で、接近し、きつく結びつくあまり、舞い上がる砂埃のベールの向こうでもはや摩訶不思議な形状をした一体の生き物のようであり、さもなくば大蛇が互いに締めつけあい共喰いに興じているといったところだった。

サンバ・アワは肉体の牢獄から辛くも抜け出し、ふわりふわりと、人だかりの中を歩き回った。とうにかつらの外れた頭で見物人たち相手に演説をぶち、拍手を煽り、賛辞を求める。あちらこちらから差し出される札束を、物憂げな手つきで受け取ってはたすき掛けにした小さくてきらきらしい鞄にねじこめば、芸に魅せられた女たちは恋情をむき出しにした叫び声とともに首へとりすがる。そうして彼を歓声で包みこみ、称えあげ、求め続ける。私をさらって、サンバ・アワ、お願いどうにでもして！　僕の隣では男が二人、その様子を見ながら言った。

5…短い腰布。布地には大小様々な穴が穿たれている。セネガルの女性であれば誰でも身につけていると言っていい代表的な下着。

「サンバ・アワねえ。ゴール・ジゲン イェップア バルデ シ ボーム！（女はみんな夢中だな、あのゴール・ジゲンに）」

「モイチャフカ サバール レウミ！ ダファアイドムラムジ！（この国のサバールはあいつがいなくちゃ始まらないからな！ 胡散臭いが、大した才能だよ！）」

サンバ・アワが舞台の中央に戻ると、熱を帯びたいくつもの身体がいまだ揺らめいていた。手に持っていた椅子を、踊っている人々の脇に置く。それから儀式を取り仕切る者の風格で、鼓手たちに持ち場へ戻るよう促し、やがて再結成された楽隊に向かってリズムをゆるめる合図を出した。群集はといえば、何が始まろうとしているのかを察知して、狂喜のあまり待ちきれず、サンバ・アワ・ニャングがいまやゆったりと荘厳かつ壮麗になったリズムにのせて歌い出さんとするライトモチーフを先取りして朗々と響かせている。高名なる鼓手長、マガイ・ンバイ・ジェウィは大仰かつヒステリックな身振りで気息奄々《きそくえんえん》としながら楽隊へ指示を出しつつ、いよいよ最大の見せ場の幕をきって落とそうというサンバ・アワにたびたび目配せを送る。その間、際立って踊りに長じた女たち（数えてみたが、わずか五人になっていた）は依然として舞台の中央に、椅子を前にして一列に並び、軽くステップを踏みながら、最後の決戦に臨まんというところ。半狂乱の群集。サンバ・アワは、眩いばかりに君臨し、過熱しきったその場の空気にも敢えて動かない。やがて殺人的な緊張感に包まれて人々の忍耐が限界に達する。マガイ・ンバイ・ジェウィ自身も、両の掌で燃え盛る炎を凛々しく張り詰めたタムタムの皮に放たずおくことが次第に難しくなってきているようだ。僕のそばでは人々が逆上に足を踏み鳴らしていた。

「アイシャ ワイ サンバ・アワ、ドイナ！（頼むサンバ・アワ、もう我慢できない！）」誰かが叫んだ。

サンバ・アワの、意外なほどか細い声が、マイク越しに響き渡った。

「ジェリェル シスビ！（椅子を取れ！）」

群集はその声に応じ、鼓手たちはタムタムを一斉に乱打して祝砲を鳴らした。すると列から一人目の踊り手が進み出て椅子の肘掛けを掴み、それを支点に丸々と張りのある尻を空へ、そして衆目の評価へと差し出す。サンバ・アワは傍らに陣取ると、みだらな祈りを並べ始め、居並ぶ鼓手がこれに合わせる。女は、同じ姿勢を保ったまま、圧巻のレンベル[6]にとりかかり、その尻が刻むリズムの速度たるや鼓手たちもあわや追いきれないかと思うほど。祈りを続けていたサンバ・アワは、最後の文句を唱え終わると、歓呼に包まれている女に自分のそばへ来るよう告げつつ二度目の合図を発した。「ジェリェル シスビ！」

6…セネガルの伝統舞踊。官能的な動きを特徴とする。

二人目の挑戦者が進み出て位置につき、椅子を支えに、踊りを披露する。そうして女たちは次々に椅子と踊った――背もたれを選ぶ者、座面に触れる者、脚に絡みつく者、最後の女に至ってはひっくり返して四本脚のうちの二本を掴んで踊ったりと、そんな調子でめいめい思い思いのインスピレーションに従い猛り狂った腰つきの競演を供してみせたのだった。全員が踊り終わると、サンバ・アワは磨き抜かれた演出の腕を発揮し、椅子をめぐる競演に勝利したのはどの女だろうと見物人たちに問いかけた。僕にはいずれ劣らず大喝采を浴びていたように思われた。しかしサンバ・アワは、度重なる多数決と避けがたい異論反論の末、ついには椅子をひっくり返した女に栄冠を授けた。僕の隣にいた男は同意見のようだった。僕ならむしろ、背後から背もたれを掴んだ女の勝ちにしたかな……。

サンバ・アワは夜更けまで宴を回し続けた。人々が心ならずも散って行ったのは午前三時になろうかというころだった。

第四章

着信音に起こされた。どうしようもなくムカついて、画面に一瞥もくれず電話に出る。こんな時間にかけてくるような不心得者には痛罵のかぎりを尽くしてくれよう。まだ十三時だぞ。

「サラーム・アライクム、ンデネ……。正式に決まったよ。例の件、金曜礼拝は私が取り仕切ることになった」

この清らかな声、癇に障るほど威厳に満ちた口調は……父上様。

信心に生きる男、我が父上。まっすぐで揺るぎない魂を湛《たた》えた、模範的な信徒であり、厳格なムスリム。正統的な教義の体現者。そんな風だから、地元の伝説的イマームである「アル カユーン」ことアラジ・アブゥ・ムスタファ・イブナ・カリルラーァの後継者となるのはきっと父だろうという空気はなんとなく出来上がっていた。「アル カユーン」は最近めっきり老けこんで、ひそかにもう長くないのではと囁かれていた。重い病に冒されていたからだ。父はといえば、持ち前の徹底した謙虚さに加え、アラジ・アブゥ・ムスタファ・

イブナ・カリルラーァに対する友情と誠意から、その類の噂には取り合わず、片手で振り払うような仕草をみせるだけだった。

それでも、今回のイマーム代行は断るに断れず、というのも「アルカユーン」が数日前から入院していたからだ。病院のベッドに横たわったまま彼は、弱々しい声で、けれどはっきりと命を下したのだった。シェエー・マジムゥ・ゲイェ、つまり我が気高き父に、代わりを務めさせよ、と。今回の使命を、大半の人は、老いたイマームが父を贔屓にしている決定的にして争い難い証拠であり、ゆくゆくはこのまま地元モスクのイマーム代行に就任するに違いないと受け取った。こうやって人を選び、いわば遺言の生前公開をすることで跡目争いを避けたいという「アルカユーン」の意向があるのだろう、と人々は噂した。うまいやり方だ、という声も聞かれた。というのも父の傍らには、というより父を正面から見据えるようにして、老イマームの後継を狙い続けるあの最悪な男、モハマドゥ・アブダラァが立ちはだかっていたからだ。その人物たるやタカ派で好戦的。父に輪をかけて頑なで、厳格で、ゴリゴリの正統派。本気で後継者になろうという確固たる決意に燃え、地元の有力者には彼を支持するものもかなり多い。そしてなんといっても野心を一切隠そうとしないところが、そもそも持ってすらいない父とは対照的だった。アラジ・アブゥ・ムスタファァ・イブナ・カリルラーァに衰えの兆しが見えるや否や、モハマドゥ・アブダラァは有力者たちへの根回し作戦を展開した。そうして地域社会の倫理が崩壊している今、自分のような人間こそが必要であり、容赦なく剛腕を振るって乱れた風紀を叩き直して見せると嘯《うそぶ》いた。父はそんなライバルの奸計《かんけい》にまったく目を向けようとしなかった。それどころか奴を友人の一人とさえみなしていた。父を支持してくれているお歴々はなんとかして危機感を持たせようと努めた。それでも父は、自分はそういうンビル・アディナには、つまり俗世の、卑しい出し抜き合いのようなものには微塵も関心がないのだとしか言わなかった。そうして次第に増してゆく敵の影響力と人気を抑えにかかるようなことも一切しなかった。気高き我が父は権力闘争においてなおフェアプレイと友情の大きさを信じて疑わずにいた。愚か者と言っていい。まっすぐで義にかなった愚か者かもしれないが、愚か者には変わりない。

おもしろいもので、そうした無欲な姿勢が却って父の人気を高めることに一役買った。巷の出来事を全て把握している「アル カユーン」（四十二年ものあいだイマームの座を守り、「アル カユーン（不変なる者）」と称されているのは伊達ではない）は、徐々に父に傾いているようだったにもかかわらず、である。モハマドゥ・アブダラァの厳格なイスラーム主義と妥協を許さない精神も眼中にないわけではなかった。アラジ・アブヴゥ・ムスタファァ・イブナ・カリルラーァは人生の晩年に至り、後継を巡る争いに対し超然とした態度を身につけ、それからは偉大なる年長の指導者らしく、長きにわたって厳かに中立を保ち続けてきた。それがこの三ヶ月というもの、我が父上を憎からず思っているという素振りを隠そうとしなくなりつつあった。父と一緒に街に出没しては、ひそひそと謎めいた文句をささやき、通じ合っているような笑顔を交わしたり、自宅に招いたり、説教の中でなにかの模範として父に言及したり、金曜礼拝の後にたびたび呼び出しては、今日の社会問題とそれを乗り越えるために信仰が果たすべき役割について一対一で語って聞かせたり。そういう細々とした心遣いを、父は篤い友情のしるしとして受け止め、後継者として扱われつつあるとは考えていなかった。翻ってモハマドゥ・アブダラァはといえば、一連の光景を目の当たりにしてたいへんな悔しがりようだった。人前では相変わらずわざとらしいほど愛想よく好意的な態度を示していたものの、その実、父を蛇蝎《だかつ》の如く嫌悪していることは周知の事実だった。そうして仲間内では父のことを「ぬるいムスリム」呼ばわりしていた。

この前の月曜日、「アル カユーン」ことアラジ・アブゥ・ムスタファァ・イブナ・カリルラーァが入院した時には、金曜の礼拝を取り仕切るのはまず無理だろうと既に誰もがわかっていた。昨日の夜、モスクの代表者とモハマドゥ・アブダラァの腹心の子分、そして父に近しい人物を加えた計三名の小さな使節団が老イマームのもとを訪ねた。これを受けて彼は父を指名した。そのことを知らせるために父は電話をかけてきたのだった。

「来てくれるだろうな、ンデネ。最近はあまりモスクで見かけなくて悲しいよ。恥ずかしいと言ってもいいくらいだ。怠けていてはだめだぞ」

僕は渋々行くと約束した。父は電話をきった。起き上がってみる。眠気はどこかへ行ってしまっていた。シャワー、ラジオ、コーヒー、トイレ、煙草——いつも必ずこの順番。それからメールの返信にかかると、大学の事務室、同僚、研究所、学生など、数日の間に何十通も溜まっていた。そして、この作業に挑もうとすると毎回そうなのだが、自分がなぜこれを遠ざけ無期限延期に付して恐れ慄《おのの》いていたのか思い出した。さながらシシュフォスといったところで、気が狂いそうになるのだ。さっさと処理してしまうこともできず、お願いやら要求やらに片っ端から応じるわけにもいかず、なんとか目立って先生の覚えめでたい学生になろうという下心だけで何の用もないのに連絡してくる学生にしてやれる指導もない。コーヒーと一縷のやる気をもってしても、メールは一向に減らなかった。二時間ほど無駄な抵抗を続けた末に諦めたが、処理できたのは喫緊の案件がわずかに三、四件だけ。残りには待ってもらうか、でなければ広大なデジタル墓地と化した僕のメールボックス内で息絶えてもらうことになる。

街中へ食事に出かけようと支度をしながら、ふとこの前のコリー先生とのやりとりを思い返した。何を言っているのかさっぱりわからなかったけれど、確か当局からヴェルレーヌに関するメールが来たとかいう話だったはずだ。今から詳細を確認しようなんて無謀といっていい。当然ながら、問題のメールがいつきたのかなど見当もつかない。コリー先生から聞いたかどうかも覚えていない。僕は三十分かけて辛抱強く受信トレイを遡り、一通一通開封していった。決して開けられるはずのなかったであろうものまで。やがて、四ページ目まで送ったところで、ついに件《くだん》の通知とやらが姿を現した。内容はというと、要約すれば、ここ数ヶ月における同性愛者関連の暴力事件の「再蔓延」（いかにも省庁らしい書き方だ！）を受け、またこれに関し複数の宗教組織から国家の風紀の緩やかな紊乱《びんらん》――ひいては国中がゴール・ジゲンの温床となりつつある事実――を厳しく非難する声が寄せられていることに鑑み、文学の教員は、自身の身の安全と祖国の文化保護のため、「同性愛者であったことが明らかな作家、またその疑いがある作家」（この文言に続き、まあこのあたりはたいていホモだろうという作家陣の長大なリストが付され、ヴェルレーヌの名前もあった）についてはこれを扱わないことが強く推奨される、というもので、期間は社会情勢が安定するまで、とされていた。

第五章

とつぜん寄せ返してきた信心の波に押されて、なんてわけではなく、子から親への愛情が麗しき復活を遂げてくれたおかげで、なんとかモスクへ足を運ぶ気力が湧いた。なにしろお祈りなんてもうずいぶん長いことしていない。でも父のためと思えば、ひと芝居打つくらいの用意はある。敬虔な暮らしからは遠ざかっても、神様のことはまだ信じているわけで、もしも実在するならばの話だけれど。人前では、無論、こんな口を利いたりはしない。そしてそういう人間は珍しくない。この国には僕のように信仰の場で傑作な芝居を披露する役者がひしめいている。派手な仮装に身を包むいかさま師、仮面や厚いメイクで素顔を隠したうわべ作りの達人たる僕たちは、あんまり見事に演じるせいで他人はおろか自分自身まで自前の虚像に取りこんでしまう。そうだ、我らは正しきイスラームの徒。まなざしには情熱を、心には溢れんばかりの純真さをたたえ、額の月桂冠は神に選ばれし民たる証。我らこそが正義の戦士。卵のごとく完璧で満ち足りた民族として自らの卵性を誇り、汚れなき絶対善に全身を浸した正しい者たちの会衆。我らはここに在る。常に在る。

そうして叫び続けている。慈愛の言葉を。情熱溢れる信心の勧めを。教えにかしずく素晴らしさを。求めに応じてあらゆるクルアーンの文言を吐き出しながら真意はひとつとて飲みこめておらず、隙あらば他人の不信心を見咎めやりこめようと身構えながら、女たちのまなざしは慎ましく遠ざけつつもその肉体を貪ることばかり夢見ている（そして中にはありつき果たせる者もいる）。我らこそ、真昼間は一点の曇りもなき致知なる聖人にして、夜のしじまに乳をまさぐり、陰唇に熟練の舌を這わせ、尻の匂いに鼻を利かせて、肉厚な足指を陶然と崇めては愛液を啜る。役者であり奇術師、香具師はたまたイリュージョニスト。国中こんな人間ばかりとまではいえないかもしれないが、我々の才能をもってすれば一大スペクタクルが上演できる。さあ開演だ！

僕は天賦の才で自分の役どころをまっとうする。身のこなし、まなざし、首のかしげかたひとつにも気品をたたえ、ブーブーの装飾が乱れないよう注意を払って。この日のために引っ張り出して香を焚きしめ、アイロンをかけ、アラビアゴムだって奮発しておいた。みんな騙されていた。我ながら自分の才能に涙がこぼれそうだったが、大型スピーカーからモスク中に流されるクルアーンの調べに感極まっていると思った者もいたらしい……。おめでたい連中だ……。

僕の座った場所からでも、最前列にいるモハマドゥ・アブダラァの、仏頂面と悪意に満ちた目つきが見てとれた。父はなかなか出てこない。やがてやっと奥から姿を現すと、列席者に挨拶し、それからゆっくりと、説教壇に腰をおろした。ゆったりとしたブーブーに身を包んだ父は、立派だった。いくらか居心地が悪そうではあるものの、果たすべき責務をしっかり自覚しているのが伝わってくる。説教が始まった。モハマドゥ・アブダラァの方を再びちらりと見てみる。人間て、と僕は内心で独りごちた。こんなにも見事に敵意を微笑みで覆い隠せるものなのか。

「兄弟たちよ、あまり長々と話すつもりはありません。ましてここは本来なら私が座る場所ではないのですから。ともに祈りましょう。我らが友にして導き手たる『アル カユーン』、すなわちアラジ・アブヴゥ・ムスタファ・イブナ・カリルラーァが神の御加護を受けて速やかに健康を取り戻し、再び我らを導いてくださいますように。今日この場にお集まりの兄弟一人ひとりに、我らが『アル カユーン』の一日も早いご快癒を願って祈りを捧げていただきたい」

「では、本日の講話に移らせていただきます。いま、この国で話題になっている件についてです。みなさんのなかには、ここ数日拡散されている例の動画をご覧になった方も多いかもしれません……」

父は説教の大部分をあの墓から掘り出された男の動画の話に費やした。言い換えれば、同性愛の話に。曖昧さを排した言葉で、同性愛は醜悪で破廉恥な営みであると断罪し、神の怒りにより罰せられて然るべきだと述べる父。墓暴きを称えたうえで、イスラームの墓地が如何に神聖な性格を湛《たた》えた場であるか改めて語り、同性愛者が身を置くべきは監獄である、なぜならゴール・ジゲンとは罪人《つみびと》であるだけでなく、社会に存在するだけで人びとの紐帯《ちゅうたい》と倫理とを脅かす犯罪者でもあり、つまりその存在自体が人道に対する罪を成しているのだ、と語気を強めた。

父が話しているあいだ、ゲイを非難する言葉の一つひとつに力強くうなずいてみせながら、僕はあの動画と、剥き出しの性器と、屍衣《しい》の白さとを思い返していた。そして不意に、極めて月並みな疑問が次々と浮かんできた。あれは誰なのだろう？　どんな人生を送った人なのだろう？　彼がゴール・ジゲンだとどうしてわかったのだろう？　誰が告発したのだろう？　彼が倒錯したセクシュアリティの持ち主だという証拠はあったのだろうか？　家族はどこに？　遺体は結局どうなった？　群れをなして遺体を掘り起こす人々の中に佇む遺族の姿を想像してみる。恐ろしさのあまり逆らうこともできず、あるいはむしろ──じゅうぶんありうる展開なのだが──屍体のリンチに加わってさえいたかもしれない。そうだとしても驚かない。身内にゲイがみつかったら、真偽の程はさておきそう見做《みな》される人間が出てしまったら、家族は自分たちの身の潔白を証明するのに全力を尽くすしかないからだ。徹底的に絶縁するか、進んで誰より激しく痛めつけてみせるかして、自分たちは同性愛という悪徳を忌む者であると示すのだ。恥辱という黒雲に覆われてしまった遺族にとって、それが名誉を回復するための唯一の手段なのだから。ホモの養殖場、同性愛禍の遺伝子を宿す一族、という社会的な死にも等しい疑惑を遠ざけるための、ただひとつの方途なのだから。ゴール・ジゲンに刻みつけられた筆舌に尽くし難い不名誉は、いつどんなきっかけで一族郎党にまでその影を伸ばすやも知れない。ひとたび隠しきれないとわかると率先して公に辱め一族から追放するのも、たいていは忍び寄る村八分の恐怖から逃れたい一心なのだ。ゲイ。この汚れものだけはどこの家でも、公に洗って幸福と救済にあずかろうとするのであり、あちらこちらから伸びてくる手の助けを借りながら一族の名誉についたそのおぞましい染みをこすって、こすって、血が出るまでこすって、自分たちがなにより大事にしているものを守るのだ。つまり、体面を。取るに足らない人びとの集いが織りなす虚ろな舞踏会における立ち位置を。同性愛者の家族という辱めに耐えられる者など存在しない。

墓をこじ開けて男性を引きずり出していたあの屈強な男二人はもしかしたら実の兄弟か

もしれない。穴を掘るのに傾けていたあのエネルギーはとりもなおさず至高の恥辱に抗うエネルギーでもあったのかもしれない。人間でいられなくなるかもしれないという恐怖、人びとのなかにありながら二度と人として受け入れられなくなるかもしれないという人として当然の恐怖。僕だって気持ちはわかる、わからないはずがない！ 誰だってわかるはずだ。人間は往々にして人間に、人間らしい愚かしさや過ちや醜さに厳しいけれど、やはり人間には人間しかいないのだから。人間にとって人間だけが真の家族で、孤独から逃れるための拠りどころなのだから。そう、我々はみな根源的に孤独であり、人間が形成し、自らに与える孤独の共同体なしに自己と対峙すれば、ものの一ラウンドも保《も》たないだろう。我々がなんとかこうして生きていけるのも、人はみな、富める者も貧しき者も、ユダヤ人もミス・ユニバースもノーベル賞受賞者も、そしてアメリカ人でさえも等しく孤独であると知っているからなのだ。みじめで、自己中心的で、嘆かわしい考え方なのは認めよう。絶望的で、愛など一顧だにしない。でも、それでいて僕にとってはなにか卑しい慰めのようにも感じられるのだ。

　父の説教は終わりにさしかかっていた。我々はみないっそう高い倫理観のもとに生きるべく努力していかなければなりません、それが我が国に醜聞を撒き散らしてやまない同性愛者連中に抗う唯一の道なのです、と結論づけてから父は、最後にもう一度、墓から掘り出されたあの男に触れてこう締めくくった。

「神の被造物たる彼の者に我々がしてやれるのは、その魂が神の御慈悲にあずかれるよう祈ることだけです」

第六章

あの締めの文句のせいで、父はなにやら批判を被ったらしい。少なくとも、当日の夜に父の招きで実家で夕食をとったあと聞かされた話によるとそういうことだった。「礼拝が終わってから、モハマドゥ・アブダラァがな……」「お父さんのライバルの？」遮って尋ねる。「べつにライバルってわけでもないが……。とにかく、そんな風に呼ぶもんじゃないぞ……。まあでも、うん、彼がな……。この街の有力者連中を引き連れてお父さんのところに来たんだ。あの説教は最後の台詞で台無しになった、と言うんだな。その前まではよかったのに、と。モハマドゥ・アブダラァに至っては『破壊行為に等しい』とまで言っていた。すごい剣幕だったよ」「なんで？」「最後に、ほら、あの……あの男のために祈ろうと呼びかけてしまったからな。無責任で含みの多い物言いだとモハマドゥ・アブダラァが」「どうして？」「どうして？　おいおいンデネ、そんなことわかりきってるじゃないか。イスラームの徒に向かって同性愛者のために祈ってくれだなんて言っていいわけがないからだ！」

しばらく二人して黙りこんでから、いくらか語調をやわらげて、父は続けた。

「彼の言う通りだ。あんなこと言うべきじゃなかった……。あれじゃ、あの男を哀れんでいると思われても仕方ない」

「違うの？」

「ゴール・ジゲンを哀れむなんて許されるはずがない。とにかくひたすら自分と自分の家族から出来るかぎり遠いところにいてくれるよう祈るしかないんだよ」

と、そこへアジャ・ンベンヌが入ってきた。父の第二夫人で、亡くなった僕の実母が第一夫人だった。ちょっと信じがたいことに、母とアジャ・ンベンヌとはとびきり仲が良く、互いに姉妹同然の愛情を抱いていた。信じがたい、というのは、一夫多妻で円満な家庭なんてどう考えてもありえないと思うからだ。せいぜい波風を立てずに過ごすくらいで、普通ならそれでじゅうぶん。母とアジャ・ンベンヌが反証を示してみせたとはいえ、同じ男性を夫に持つ女性同士が本当の意味で認め合えるなんて、まして互いに愛情を抱くだなんて、考えたこともなかったし、今も考えられない。僕にとってうちの母と継母のケースはあくまでも例外として法則性を裏付ける存在なのだった。

母の死後、一人息子だった僕を、既に二人の子（ともに外国へ留学中）を産んでいたアジャ・ンベンヌは、自分に深い悲しみを遺して旅立った親友の忘れ形見として、すんなり三人目の子どもとして扱ってくれた。それどころか、実の子どもたちには示さなかった愛情を注がれているように感じることすらあって、というのもかけがえのない存在を喪《うしな》った者同士が奇妙な感情にぐっと近づけられ、互いを愛おしく思う気持ちに拍車がかかることで、今はもういない彼の人へ向けていた分の愛情までも相手に注ぎこもうとするからだった。僕はアジャ・ンベンヌが大好きだった。二人目の母、などという架空の存在としてではなく、実の母が心から愛した女性として。「同性愛の人たちの話ね」そう言いながらアジャ・ンベンヌは腰をおろした。「聞こえちゃった……。モスクでのことは、お父さんから聞いた。だから言っておいたのに。お説教でその話題に触れるのはやめておいたらって。同性愛者の話なんてしたら揉めるに決まってるんだから……」

「あのな、元はといえばおまえが送ってきたんじゃないか、あの動画は」言い返す父。

「そうね、それはその通りです」アジャ・ンベンヌはうなずきながらちょっと気まずそうな表情で僕の方を見た。「おねえちゃんが送ってきたの。カナダくんだりでも話題になってるんだって！　それでお父さんに見せたんだけど。ンデイサン……。この人も気の毒に……お墓から身体が出てくるところを見ていたら恐ろしくて身体中震えがきちゃった……ライラーァ……人の死体が……もう死を司る天使様にご挨拶も済んでいたでしょうに、安らかに眠るべき場所から引きずり出すなんて。おかげでその日はぜんぜん寝つけなかったんだから。ほんとよ、お父さんに聞いてごらんなさい……」

「お父さんはあの人を哀れんだりするべきじゃないって言い張ってるけど」

「え？　マジムゥ、そんなこと言ったの？（と、父の方を振り返り）どうしてそんな。だって、哀れむのすらダメなら、どうすればいいの？　哀れむ以外に、なにかありえる？　ああいう人たちっていうのはね……（再び僕の目を見る）これはお父さんにも話したんだけど……病気なんだと思うのね。だから治療してあげるべきなの……私の友達で、女の人なんだけど、その人の妹の息子さんがやっぱりそういう人で。でもすごく評判のいい祈祷師さんのところへ連れて行ったら、普通に戻ったって。今はちゃんと女性と結婚して、子どももいるし。近いうちにニャーレール[7]をもらおうか、って話まで出てるとか。悪魔が去って、すっかり立ち直ったのね。だから、やっぱり病気のせいだと思う……。かわいそうに、なりたくてなったわけでもないでしょうに……。まあもちろん、みんなじゃないけどね。わざわざ自分からそういうことをする人もいるから……」

「そういうことって？」

「わかってるでしょう、ンデネ。わかってるくせに。いるでしょ、わざとそういうことする

7…ウォロフ語で「第二夫人」の意。

人たちが。楽しいんだか、目立ちたいんだか、それとも本当に好きでやってるのか、スバハーナラーァ。要するに白人の真似がしたいんでしょ。わかってないのね、あっちの、白人の世界には向いていることでも、この国には馴染まないっていうのが。私たちには私たちの文化とか、伝統ってものがあるんだから……。真似なんかしちゃいけないの。真面目な話、ほとんどは病気のせいなんだと思うけどね……。だから病院に入れてあげるべきなのよ。それか、マラブー[8]のところか」

「あいつらは病人なんかじゃない」ゆっくりと割って入る父。その声は厳しい。「神が罪にも等しい病を人間にお与えになると思うか？　神が無辜《むこ》の民に過ちを負わせて罪人《つみびと》になさっているというのか？　神がご自身で過ちをつくりだすようなことをなさるなど、アスタフィルラーァ、到底考えられない。すべて人間が自らの意思でやっていることだ。あいつらは病人なんかじゃない。いいか、ンベンヌ、ああいう連中を指して病人だと言うのは、神を指して同性愛の原因だと言うにも等しい行いだ」

「アスタフィルラーァ、私の信仰を侮辱しないで。そんなこと一言も言ってないでしょ！」

「そうだろう？　それなら奴らの自業自得だと認めないとな。私が思うに、ああいう連中は自分を見失っているんだよ。信仰も文化も失くして。だからこの地に本来存在しないような悪徳を真似したりする。まったくもって、この地には縁もゆかりもないものなのに。

白人が持ちこんだ悪徳は数えきれないが、あれもそのひとつなんだ」「そうそう」アジャ・ンベンヌが言った。「だから私もそう言ってるじゃない、さっきから」

新たな沈黙が訪れ、その静けさのなかで今しがた交わされたばかりの言葉について考察を巡らせているとやがてひとつの問いの形を成したが、その問いを剥き出しのまま父やアジャ・ンベンヌに向けるのは避けたかった。理由は単純で、そんなことを問うてしまえば二人を追い詰めることになるとわかっていたからだ。ありふれた一般論の外側へ出てきて、真の、すなわち煩わしくて、痛みの伴う、緻密な内省に挑まなければならなくなる。無難な意見に留まらず私的な意思表示へと踏みこむことを余儀なくされれば、心の安寧が乱されるだろう。僕は二人を責めようとは思わない。そういう風に、自分の精神に危険が及ばない範囲の漠然とした意見をもっともらしく口にしているだけなのにもかかわらず思慮深いつもりでいる人間は、この社会には腐るほどいる。大抵の人間は、自分がまったくの無縁でいられる出来事については外野としての意見を自在に開陳する。生産性の問われないおしゃべりをする。だからこそどんなに愚かしいことだろうと恥ずかしげもなく口にして、しかもそれに気づきすらしないのだ。こんなにたやすいことはない。自分と無関係

8…イスラーム教世界の聖者、修道者の総称。

な話に上っ面の説教を垂れるなんてこの世でいちばんのバカでもできる。でも然るべき話を、つまり物事の内奥、自分のあずかり知らない、危険な核心について語るのは地雷原を進むも同じ、うっかり下手を打てば一巻の終わりなのだ……。

「もしも自分にゴール・ジゲンの子どもがいたら、どうしてた？」

ああ、我慢できなかった。浮かんだ問いが心から脱走し唇をすり抜け法を犯して外へと出てしまった。アジャ・ンベンヌは怯えきった目で僕を一瞥してから、さっと目を伏せた。父より先に答えたくないという意志が感じられた。これほど危険な問いに答えるのは父の役目というものだ。父は大きなソファーに腰かけたまま身動《みじろ》ぎひとつしなかったが、全身を深い戦慄が覆っていることが、突如として右のこめかみに浮かび上がったT字形の太い静脈から見て取れた。とこしえにも似た静寂。目には怒りが燃えさかっていて、こんな父を見るのは久しぶりだった。金属の雷のような声が打ち下ろされる。

「親を侮辱するつもりか。私にゴール・ジゲンの子どもはいない。もしいたとしても……」

父はそこで言葉をきった。どう続ければいいのかわからないかのようだった。数秒の沈黙。それからやっと口を開き、

「もしいたとしたら、私の責任だろう。私が然るべく教育し、一人前の男、善きムスリムに育ててあげることに失敗したということだ」「それはそうかもしれないけど、それで自分

ならば実際にどうしたと思うかを答えてよ、お父さん。そこが知りたいんだよ。自分だったらどうしたのか。どう対応したと思うのか」

やりすぎているのはわかっていたけれど、どうせもう訊いてしまったのだ。答えが知りたい。うやむやにされるのは耐えられない。「ンデネ、なんだその態度は。自分の父親に向かってそんな問い詰めるような口を利いていいと思ってるのか。いいか、もう一度言うぞ。そんな仮定の、頭のおかしい話に取り合う理由なんかこれっぽっちもない。だけどな、おまえがその不躾な好奇心をどうしても抑えられないと言い張るのなら答えてやろう。もしも私にゴール・ジゲンの子どもがいたら、もう私の子どもではなくなる」

「なにそれ？」

「言葉通りの意味だ。親子の縁をきる」

いっそう厳しさを増した声でそう言いながら、父は立ち上がり寝室へと入っていった。

するとと今度はアジャ・ンベンヌが、これで口を利いても許されるとでもいった表情で僕をみた。

「あんなこと訊くもんじゃありません。お父さんがどういう人か知ってるでしょう。さっきみたいな話題になると……」

「なら、ンベンヌは？」

「私が、なあに？」

「自分の子どもが同性愛者だったらどうするかって話……」

「ンデネ、私になんて言ってほしいの？」そう言ってからアジャ・ンベンヌは、父に聞かれるのを恐れるかのようにすこし声を落とした。「子どもっていうのはね、神様からの贈りものなの。私にとっては子どもは子ども。変わっていたって、病気だって、愛するより他になにができるっていうの？　そりゃあ毎朝毎晩神様にお祈りして、治してくださるようにお願いはするでしょうけど、愛する子どもに変わりはない。それに私が、母親が愛してやらなかったらいったい誰が愛してくれると思う？　ンデネ、お父さんの言う通りよ。あんなことを訊くもんじゃありません。ちゃんと謝ってから帰りなさい。でなきゃ後でこっちにしわ寄せがくるんだから」

　父が寝室から出てきたのはそれから一時間後のことだった。平静を取り戻すべく自分と闘っていたのがありありと見て取れた。そして敗北したことも。先ほどの怒りの痕跡が顔中に漂い、顎はかすかにわなないている。僕が口を開くより先に父が打って出た。

「わかってるぞ、おまえの考えていることくらい。おまえの目には私が同性愛嫌悪主義者に映るのかもしれない。みんなそう言うからな。おまえみたいな、インテリの、個人の権利が大切だとか言う奴は。違うとは言わせないぞ。フランスに行って、おまえはああいう連中の仲間になって帰ってきたんだよ。だから行かせたくなかったんだ。いくらお母さんが賛成でも。でもな、私は同性愛嫌悪主義者なんかじゃない。いや、そうとも言いきれないか。おまえがどういうつもりでその言葉を使っているかによるからな。私はべつにその手の連中を憎んでなんかいないし、死んでしまえとも思っていない。ただこの国であいう行為や、ああいう存在が普通だとみなされるのが嫌なだけだ。それが同性愛嫌悪だというんなら、それでいい。どこの国にだって依って立つ価値観というものがある。この国に生きる我々の価値観とは相容れない。ただそれだけのことだ。ああいう人間を普通の、ありふれた存在として受け入れてしまえば、それは我々の終わりの始まりであり、祖先、ならびに多くのイスラームの師を裏切ることになる。ひいては最大の罪に、すなわち神を裏切ることになる。私にとっては自明のことだ。いいか、この社会の結束と秩序が少数の集団によって脅かされるようなことがあるなら、その集団は消えて無くなるべきなんだ。少なくとも、あらゆる手を尽くして口を塞いでおかなくてはならない。おまえには残酷で、非人道的と感じられるかもしれないが、でもな、ンデネ、これほど人間的なことはないぞ。不和をもたらす者たちを、必要とあらば暴力を使ってでも遠ざけ、大多数の人間とその社会の結束とを守る。これほど人間的なことはない。ほとんど生存本能といってもいいくらいだ。もう一度言う。あの男を墓から引きずり出すのは正しい行いだった。数多の聖人が暮らしたこの地でゴール・ジゲンとして生きることも、あまつさえイスラームの墓地に眠りたいなどと曰《のたま》うことも許される道理はない。考えられないことだ。考えられない。私があの動画の男たちと同じ立場なら同じようにしただろう。腕まくりして、掘り出してやる。たとえ血を分けた実の息子だったとしてもだ。つまり……」

父はまっすぐ僕の目を覗きこみ、まるで自身の信念を示すかのように、じっとそらさずにいた。いまや疑いの余地は微塵もない。父は、自分なりの真実を産み落とそうとしていたのだ。一般論のくびきから逃れて自分自身の内奥へと降りてゆき、内省と自己解剖を乗り越えて、本音に辿り着き、口にしようと。並々ならぬ取り組みだったはずだ。僕は父の勇気に敬服した。自分の考えを誰かにさらすのは、実の息子相手であろうとこの上なく勇気の要ることだから。父は歯を食いしばっていた。いつもの気品は、もはやどこにもない。こめかみでは、Tの字が変形し、もはやアルファベットには存在しない、中国あたりの入り組んだ表意文字みたいになっていた。まるで顔に不吉な印章を押されたみたいだった。父は苦しそうな、けれど弱さを感じさせない声で続けた。「つまり、たとえそれが実の息子であるンデネ、おまえだったとしてもだ。もしもあの土の下に、あの墓地に埋葬されていたのがおまえで、おまえが同性愛者だと確信を得たとしたら、私はおまえを掘り出しただろう。迷わず、スコップもツルハシも使わず……。私の、この手でな」

父は両手をみせつけるようにした。うっすら震えているのがわかった。それから二度と口を開かず寝室へと戻って行った。僕はアジャ・ンベンヌにじゃあねと言って家を出た。

第七章

それから数日というもの、なんとかしてラマに会ってもらおうとあらゆる口実を考え続けた。そう簡単に承知してくれるはずがないのはわかっているから、説得しきれる論拠が必要だった。激しく、執拗で、なかなか解けないラマの怒りは、自由で自立していて男性になど、まして男性器になどまるで負うところのない女性の怒りそのものだ。つれなさと情熱が相半ばしていて否応なしに敬服の念を、そして、必然的に、情欲を抱いてしまう。ラマが決して自分のものにはならない人であり、けれど一緒にいる時は夢想だにしなかったほどの愛を注いでくれる人でもあることはほんの束の間を共にするだけでよくわかった。大いなる聖人にして比類なき放蕩者……。野生動物のようでもあり母親のようでもあり……。気分次第で姿を現し、気分次第で姿を消す。常に逃れ去ってゆくのに頭から離れない彼女はしかし、由緒正しき情婦たちの伝統に連なっているように思えた。

ラマの、その細部の一つひとつに幾千ものブラゾンを献《ささ》げたとしても詠み尽くせぬであろう顔の、どれほど眺め続けていようとも味わい尽くせぬであろうあの顔立ちの中でも、僕がとりわけ好きなのは口、大きくて肉感的で、両の唇は満たされることを知らず、離れるや否や僕はすぐさま突き上げるような恋しさに囚われて、まるで絶えず口づけされるかするかを求める衝動が唇から伝染したみたいになる。夢中で口づけする僕をラマは拒まない。たぶん、ちょっとおもしろがってる。我こそはその炎を消し止めてみせるという野心、それどころか、慢心が漲《みなぎ》る日には、確信さえたずさえて唇にむしゃぶりつくたび、ラマはといえば、自分に顔を寄せる僕に向かい、うっすら甘くからかうような微笑を浮かべて、まるでなぞなぞを出題した女と、手も足も出ないまま数時間が過ぎてなおその謎の一端でも解き明かそうと挑み続ける男みたいだった。

けれど口よりさらに神秘に満ちたものがある。ラマのあの髪だ。いや、葉叢《はむら》と呼ぶべきだろうか。ずっしりと黒いドレッドヘアーが塊を成し、先端は尻の膨らみを予感させる斜面をくすぐっている。この鬱蒼《うっそう》とした髪こそは僕にとって深いふかい謎。あの餓えた唇にも増して魅入られてしまう理由はごく単純で、触れることを禁じられていたからだ。いったいどうしたわけで？　知る由もない。尋ねてもなにひとつ答えてはくれないから。匂いが嗅ぎたくて、重さを感じたくて、甘噛みしてみたくて、豊かなその髪をひとふさ手にとろうとすればラマは決まって怒った。蔚然《うつぜん》として重厚なあの茂みの中枢には、秘密が宿っているらしい。いにしえの王たちのごとく、あるいはサムソンのごとく、ラマの力の源は、その謎を解く鍵は森に隠されていて、秘密の一切を我がものにしたいのならば、そこに自らの手を差しこみ、さらには全存在を浸さなければならないに違いないのだ。僕は挑み続けたが、ラマは弾き続けた。

そっと撫でたり、表面に触れたりするくらいまでなら黙っていても、質感を味わい尽くそうとその手をいくらか長居させたり、掴もうとしたりした日にはたちまちそっけなく振り払われる。一緒に寝ている時でさえ、あまりしつこく触るのは許されなかった。匂いを嗅ぐのはいい。唇をつけるのもいい。でもぎゅっと握るのは、論外。眠っている隙に秘密を暴いて、そのまま盗んでしまおうかと試みたことも、もちろんある。ところがまるでそこが全身の神経が集中したいちばん敏感な場所だとでもいうように、魅惑の髪に触るや否や、あるいは手を近づけただけでもビクッとして目を覚ますのだ。唯一、さすがにというべきか、髪を掴ませてくれるのは、体を交えている時だけだった。

でもそれは数のうちに入らない。している時の僕は、我を忘れているから。ラマのもたらす快楽に目が眩《くら》んで、あの見事な黒い編み下げ髪の秘密がくっきりとは見えない。確かに見出され、そこに鎮座しているのに、押し寄せる快感が一種のベールとなって僕からいっそう遠ざけてしまう。おかげでもっとしたくなって、もっともっとせずにいられなくなって、そのたび次こそは理性をじゅうぶん保ったまま抱き合いながらそこにあるものを見極めるぞと自分に誓う。けれど決定的なその瞬間、僕はいつも快楽に呑みこまれ、決して何も目にすることはない。ラマの髪は依然として禁断の果実のまま、そしてまたそのように考えることをきっと、結局は僕自身がどこかで望んでいるのだろう。ラマのなにかが僕を果てしなく逃れ去ってゆくと思っていたいのだ。あの口……あの葉叢……。自分にとってのラマは謎以上の存在であってほしい、と。強力な嗜癖、ガツンとくるドラッグ、あるいは蛇毒。病にして治療薬。

　あれほど自分のことをわかってくれている、ちゃんと聴いてくれていると感じさせてくれる人を僕は他に一人として知らなかった。彼女と会うと人間に対する幻想は消えるのだけれど、同時になぜか、人間性というものを、かりそめにではあれ、また信じてみようという気になれる。ラマが実際に経験した、あるいはその目で見たという話の中には希望や善意がほとんど見当たらないようなものもあった。けれど肩肘を張らず自分なりに最善を尽くし、一日一日が悪い方へゆかないよう努めている様は立派だった。無邪気な人では決してない。それどころか、透徹した理性に達している人のような印象さえ受ける。自分の力量も限界も、明るい部分も昏《くら》い部分も完全に把握している。そうして自らの魂をありのまま受け入れることで人として稀に見る贅沢にあずかっていた。すなわち何があろうと責任が取れるのは自分ただ一人、という生き方をすること。自分自身が法であり、裁くのもまた自分なのだ。

ラマは夜の世界で働いていた。といっても具体的にどういう仕事をしているかは全然知らなかったし、もうしばらく前から知りたいとも思わなくなっていて、というのも知らずにいればこそ幻想がとめどなく湧いてくるからだ。いかがわしくて猥雑で、気味が悪くてそそられる世界に輝きを放つラマの姿を思い浮かべる。酒と、金と、糞尿の海に抱かれ、ダカールでブルジョワ暮らしを満喫する放蕩者どもが耽溺するそのサドさえ知らぬ人智を超えたプレイの数々は僕の中に、筆舌に尽くし難く強烈な異形の魅力を掻き立てるのだ。

ラマとの付き合いは四年になる。出会った当時、僕は大学改革という大いなる夢を投げ出し、夜な夜なバーと売春宿を巡っては、詩を読んだり、注釈したりする代わりに自ら詩性を体現しようとしていた。知り合ったのはとあるクラブ。踊らないかと声をかけてきたのはラマの方だった。踊っている間、僕のことが気に入ったと言いながら、絶妙な力加減で玉を握るラマに僕は快感と痛みの入り混じった鳴き声をもらした。そう、求めていた詩性を……。その日から、僕たちは定期的に会うようになった。体だけの関係というわけでもなかった。ラマと接していると知的な、さらには精神的なキレが戻ってくるようで、それは大学ではもはや得られない感覚だった。ラマはバカロレアも取得していなかったが、隣にいると自分が笑えるほどの間抜けに感じられたりした。

正式に付き合おうなんて発想は持ったことがない。ベッドの中でだけ。だいたい彼女はときおり愛を交わし合う以外のことを望んだ試しがなかったし、それでちょうどよかった。バイセクシュアルであるラマは、男も女も手放すつもりはなく、等しく力強い愛をもって慈しんだ。自分以外にもラマと関係を持っている人間がいるからといって嫉妬は覚えなかった。むしろ逆に、自分自身を丸ごと、独自の、他の誰とも違う美点を携えたひとつの経験と捉えたうえで、彼女に与えていた。ラマが僕に他の誰にも見出せない数多のものを認めたうえで愛しており、情夫と情婦の一人ひとりが有しているその人にしかない魅力にこそ喜びを見出しているのだとわかっていた。快楽における無限の可能性を手放さないラマは、その多種多様な趣にいつでも子どものように胸を躍らせていた。性の快楽と至福を追求するラマの試みに下卑たところなど微塵もない。僕にしかない豊かさの中で僕としか結べない関係を結んでくれるラマに倣《なら》い、僕は喜んでラマを見知らぬ人々と共有する。快楽主義者。そう、まさに。ラマは快楽主義者だった。常軌を逸した独りよがりの快楽ではなく、快楽を思うまま分かち合う世界で生きていた。

ようやく僕はラマに電話をかけた。話す覚悟を決めて。ラマの声は雪解けには程遠かった。電話の向こうの息づかいに圧倒され、動揺と怯えでしばし口ごもってしまう。それから思いきって、会えなくてさみしいと伝えた。ラマは、そんなことを言うためだけに電話してきたのなら、仕事に戻る、と答えた。僕はあの動画を送ってもらえないかと頼んだ。

「どう考えるべきかわからないっていうあの動画のこと？」

「どう考えるべきかわからなかったあの動画のこと」

「なに？　わかったの？」

「いや」

「じゃあなんで電話してきたわけ？」

「わかりたいからだよ。もう一度観てみないと。でもネットで探しても出てこなくて」

「そりゃそうでしょ。出回らないように政府が監視してるんだもん。誰かの携帯に保存してあるやつじゃないと。じゃあ送る」

ラマは電話を切り、それから数分して、WhatsAppに動画が送られてきた。ここ数日あの動画が頭から離れなくて、とも言っておいたけれど嘘ではなかった。父の説教をきっかけに動画のことに引き戻され、それから例の発言に関する議論のせいで心の前景にくっきり刻まれてしまった。

授業の準備の最中に、あの人だかり、ざわめき、荒い息、渾身の力をこめている筋骨たくましい二人の男、汗で光る身体を思い出している自分に自分で驚くこともあった。地面に口を開けたあの墓穴は性器のようで、しかもその性器からは字義通りにも比喩の上でも、死より他なにも出てきはしない。ラマに見せられたあの時以来映像自体は観ていないのに、ふとした瞬間、まるで心の内壁に直接映写されているみたいにくっきりと蘇ってくる。舞い上がった埃の中で身体が地面に落ちる音が聞こえたり。屍衣《しい》の白さが放つ閃光の痛みで目をやられ、ページを繰る手が止まったり。最初に観た時には気づかなかった細かな点も浮かび上がってきた。僕はそのリアリティを疑い、ついには回想に弄《もてあそ》ばれ、普通なら記憶の薄靄《うすもや》の内に紛れ始めているはずだった事柄を、容赦ない光で照らし出しているのではないかと自問した。

たとえばここ二日ほどは、細かなふたつの描写に取り憑かれていた。ひとつめはあの掘り出された男の顔で、動画の中では見た覚えがないのに、顔立ちが、説明はできないまでも、じわりじわりと頭の中に描き出され、ゆっくりとではあるがだんだんはっきりと、クイズ番組に出てくるパズルボードの中の謎めいた顔が、徐々に、黒いパネルを取り払われ、解答者一同の前に明かされてゆくかのようだった。僕にはあの掘り出された男の顔が自分の意識の暗闇から、泥炭層の深きに没していた人の顔のように浮かび上がってきた感じがした。いかつく、醜悪で、ぼってりとした目鼻立ちの、見るに耐えないグロテスクなその顔つきは悪魔でしかありえないしあってほしくない代物だ。しかし同時に、悪魔というものがまさにそうであるように、見るものを惹きつけ、心を駆り立てるようなところがあり、どんな審美的な規範にも増してまず目を、さらには魂を射すくめるものこそが美しさなのだとすれば、醜さそれ自体が美しさを成している類の存在でもあった。醜い者よりも心を引きつけるものはなく、悪よりも美しいものはない。昔ながらのモチーフ。僕はやっぱり見ていたのだ。あの胸が悪くなるようなおぞましい顔を、屍衣が護《まも》りを解いたその刹那に。見ただけでなく、眺めていたのだ。その顔が息を吹き返し何か、感情を示すのを期待しているかのように。

もうひとつの描写にはもっと悩まされていた。他でもない彼の性器だった。ちらりと見えた気はしていたが、あまりに一瞬のことで印象に残ってはいなかった。今やそのイメージは僕に絶えず付きまとって、コマ送りで目に焼き付けでもしたのかというほどだった。巨大な割礼済みの男性器で、つるつるした先端に茎の部分は薄暗い、というより黒ずんで、驚くほど黒ずんでいて、黒い光を照射されているかの如き印象を与え、静脈の浮き出たそれは、心持ち左に湾曲し、密生し絡み合った恥毛の中から伸びていた。僕が動揺したのはそのサイズでも、漲る存在感のゆえでもない。なにより困惑し、これはいくらなんでも幻覚に違いないと思わされたのは、モノがあまりに生命力に満ちていたからだった。勃っていた。とはいえ死人は勃たない、はずだ。この勃起に説明をつけようと、僕は突拍子もないというか罰当たりな空想をした。埋葬されるや否や、死者たちは復活し、突き上げるような欲望に苛《さいな》まれて、訪れる連中と片っ端からやっちまおうと手ぐすね引いてるんじゃないか。近くの死者だろうと、天使だろうと、神の使いだろうと、ケルビムだろうと、処女——ではなくなるわけだが——だろうと、聖人だろうと、使者だろうと、サタンだろうと……。そんなことを考えていると仄暗《ほのぐら》い快楽に笑いと震えが止まらなくなった。人に言えないような想像に耽りたいという思春期さながらの感覚がそうさせているのか、それとも狂気の一歩手前にいるのだろうか？

狂気。あるいは幻覚。動画は一度しか観ておらず、それも十日以上前、夜の夜中で、セックスの余韻と煙草の香りに陶然としていた。僕にはわからなかった。いくらその後何度も話題になったり思い返したりしたからといって、剥かれた死体に追われ続け、ほとんど取り憑かれていたにも等しいからといって、いったい全体どうしてこうもはっきり彼の顔と性器が見えてくるのか不可解でたまらなかった。僕はこんなに想像力に恵まれた方だったろうか。自分で思っているよりもあの動画に衝撃を受けていたのか？　もしも全てが幻覚の産物なのだとしたら、どうしてよりによって、性器と顔なんだ？　どうして手じゃないんだろう。腹でも、膝でも、首でもいいはずじゃないか。どうして顔と性器なんだ？

ラマが送ってくれた動画をすぐに開いた僕は、どちらが自分にとって最も恐ろしいのかわからずにいた。つまり、僕の中に浮かび上がったあの顔と男根の描写が本物であった場合と、そうでない場合と。前者であれば、見たものが忘れられず、自分の内面に刻みこまれ、取り憑かれ、悩まされていたのだろう。後者だとすると、自分の内なる幻想に引きつけようとしていたことになる。とにかく、頭の中があのゴール・ジゲンでいっぱいになっているだけでなく、彼に対してなにか、感情と呼んでしまえばぞっとするけれど、明らかにその類のものを抱き始めていた。感情？　どんな？　我ながら馬鹿げた問いに感じると同時に、アジャ・ンベンヌの言葉がにわかにぐっと重みを増して響いた。「ああいう人たち相手に哀れみ以外の感情がありえる？」。それは哀れみ以外のものではありえないし、あってはいけないはずだった。

僕は動画を何十回も観て、しまいには吐き気をもよおした。遺体が墓穴から引きずり出されるシーンで毎回、必ず吐き気に煽られた。懸案だった顔と性器についてはなにひとつ解決しなかった。むしろますます困惑の度合いが深まるばかりで、その理由はこうだ。あの人物の顔が見えるシーンはどこにもなく、従って僕に顔立ちを観察することができたはずはない（男が醜くも魅力的な顔をしていたというあの仄暗い確信はいったいどこから来たのだろう？）。性器の方はというと、一秒映ったかどうかという程度だったが、それでじゅうぶんだった。自分の中に思い描いたほど強烈ではなかったにせよ、近いものはあった。僕は問題のシーンで一時停止してズームしてみた。疑いの余地は一切なく、それは勃起していた。加えてもうひとつ最初に観たときには見逃していたあることに気づいた。動画には女性の姿が一切なく、声もしなかった。

しばらくして、再びラマに電話をかけた。出てくれることはわかっていた。夜まともに寝るなんて絶対にしない人だから。

「まだなんか用?」

「ちょっと訊きたいことがあって。あの動画の事件が起きたのってどこか知ってる?」

「それ前も訊かれた。だから前と同じ答えになるけど、いいえ、知りません」

「誰なのかはわからない? 誰っていうのはつまり、あの掘り出された男の人のことだけど」

「いいえ、知りません。なに? どうでもいいとか言ってなかった?」

僕はなんと言っていいかわからず、ちょっとの間黙っていた。そう、どうでもいいといえば完全にどうでもいい。知らない人の話だし、もう死んでるんだから。けれどその一方、動画に悩まされ続けるあまり、性器と顔で自分に付きまとうこいつをもっと知らなければならないとも感じていた。なんて名前の、どんな人間なのか。あとは、彼の体がその後どうなったのかも知る必要があった。再び埋めてもらえたのだろうか? だとすると、どこに？　どこの墓地が受け入れたのだろう？　どこかのイスラーム墓地？　そんなことはしていいはずがない。父の態度でよくよく思い知らされた。それならキリスト教の墓地に？　イスラームの墓地より大目に見てくれるのか？　それともどこかにゴール・ジゲンのための墓地が？　到底あるとは思えない……。もしかしたら焼いてしまったのかもしれない。あるいは夜中に誰も知らないような場所に埋めたか。井戸に投げこんだか。海に沈めたか。飢えた野良犬の群れにくれてやったか。砂漠のど真ん中に放り出して、腐ったところをハイエナやハゲタカの類に食わせたか……。確かなのはここしばらく自分の心の大部分を占めているその男について僕はなにひとつ知らないということだった。

僕はなおも黙っていた。ラマは電話をきろうとしなかった。そうしてついには自分から続きを引き取った。声からいくらか険がとれている気がした。

「もしかしたら知ってるかも、って人なら知ってる。かもだから保証はしないよ。でもなにかとっかかりを与えてくれる可能性はあるかな」

「あり……」

「お礼とか言うのだけはやめてよね」

「わかった。次いつ会おうか」

「会うなんて誰が言った？」

僕は何も言わなかった。こちらに身の程を思い知らせ、自分は誰にも縛られないと改めて主張しているのだ。そのまま数秒間、僕が自分の足元に傅《かしず》いているのを確かめるラマ。やがてようやく解放の時が訪れた。

「近いうち。こっちから連絡する。もう切るね、ちょっと呼ばれてるから。じゃあまた。本来のンデネに戻ってくれたみたいで嬉しい。どうせそのうちまたやらかすんだろうけど」

ラマは電話をきった。程なくして眠りこんだ僕は父の夢を見た。広々としたモスクに信徒は僕一人だけで、父はといえばイマームの席から、僕に向かってしきりに朗誦していた。クルアーンの一節、ではなく、ヴェルレーヌの詩を。

第八章

翌週、『悪の華』から何点か選んで臨んだ授業もそろそろ終わろうというところで、学生が動いた。すうっと、講堂の奥で手が挙がる。

「ンディアイ君、なにか？」

「あの……すみませんゲイィェ先生、授業が終わる前にちょっと僕たちからお話があるんですけど」

「話？　なんの？」

僕の素っ気ない物言いに怖気づいたのだろう、ンディアイはいったん言葉を切り、周りを見回してあからさまに同調を求めると、他の学生たち――全員ではないが何人も――は目配せで激励したり、いいぞ、任せたと言うように軽く頷いたり、応援のしるしに親指を立ててみせたりした。

「どうしたんですか、ンディアイ君？」

「……あのですね……前回の授業についてお話しししたいんです。前回っていうのはつまり先週のです。どれのことかわかります？　ヴェルレーヌについてやりましたよね。覚えてらっしゃいますか？」

「なに言ってるんだ。もちろん覚えていますよ。それがどうしたって言うんですか？　なにか質問があるなら、参考文献一覧が……」

「実はですね、先生……まあその……ヴェルレーヌの作品に関することで……生き方そのものもそうですが……」

「はっきり言いなさい、ンディアイ君！　いったいなにがしたいのか僕にはさっぱりわからない」

「すみません。ヴェルレーヌの生涯について書かれているところにちょっと変な記述があるっていう声がクラスで上がっていて……。まず、ヴェルレーヌを授業で扱うことを当局が禁止にしたっていう話はご存知ですか？」

「そんな話を聞いてはいますよ。それで問題は？」

「ヴェルレーヌの生涯、っていうところの……」

ラファエル・ンディアイは教科書を高く掲げ、「ヴェルレーヌの生涯」と題されているページを指差した。そんなものわざわざ見るまでもない。内容ならすべて頭に入っている。

「うん、それで？」僕は繰り返した。「そこの記述が、どうしたというんですか？」

「それはですね、この真ん中あたりのところに……」

言いかけてから、ンディアイは再び周囲を見回した。すると今度は、誰一人として同調するそぶりをみせなかった。皆一様に目を伏せたままでいる。一人で、一人ぼっちで全責任を負わされたンディアイ。これを好機と畳み掛ける僕。

「どうした？　ンディアイ君、無駄話をしている時間はないんだよ。はっきりしなさい」

「当局がどうしてヴェルレーヌを禁止にしたか、先生もご存知ですよね……。彼は……彼はゴール・ジゲンの仲間だったんですよ。絶対に間違いありません。有名なホモだったんです。教科書にも書いてあります。『一八七三年七月十日、ランボーとの口論の末、ヴェルレーヌは拳銃を抜き、発砲、そして……』」

「……そして弾丸は若き愛人の手首を撃ち抜いた」僕は自ら締めくくった。

水を打ったような静けさが僕の言葉を引き取り、学生たちは反発心に満ちたまなざしで僕を見据えていた。中には、怒りすら滲ませている者もいた。

「それがなにか？」

すると今度はラファエルではなく、隣にいたアル・アサンヌが応じた。

「いま先生ご自身でおっしゃったじゃないですか……。ヴェルレーヌはゴール・ジゲンだったんですよ……ランボーの愛人で……」

「うん。そうだね。しかしだからなんだと言いたいのかな。何が問題なの？」

「ヴェルレーヌは男が好きだったんですよ。それが問題なんです」

「ヴェルレーヌは女も好きだったんだよ。しかしまあそれはこの際どちらでもいい。ヴェルレーヌはゴール・ジゲンだった。他にももっともっといろいろな顔を持っていたかもしれない。動物だって好きだったかもしれないよ。でも大事なのはポール・ヴェルレーヌという人が偉大な詩人だったということです。ゴール・ジゲンだったからといって彼の詩性になにか変わりがありますか？」

「なにかは変わると思います、先生」とアル・アサンヌ。「男と寝てたんですよ。むしろ全面的に変わってきます。それはそうでしょう、だって……」

アル・アサンヌはわずかにためらった。それ以上口にすれば発言者として自分個人に責任が生じるとわかっているのだろう。彼の主張が仲間を代表してのものであることは、僕の目には明らかだったけれど、それでも。

「だって？」

「だって、先生は学生に同性愛者の詩を教えていることになるからです……。僕たちになんらかの影響が及ぶかもしれません。当局がヴェルレーヌを禁じたのだってそれが理由です。ヨーロッパ人がこの国に同性愛を持ちこもうとして展開している一大プロパガンダの一環だから。もうヴェルレーヌは許されないんですよ。プログラム自体が見直しになるんです。インシャ・アッラー《In sha Allah》」

　奇妙で、責めるような重苦しい静寂が、アル・アサンヌの宣言に続いた。僕は学生たちに向かって、プルーストがサント＝ブーヴにしたように、作家の中には二人の人間がいるんだと答えてやりたかった。どこにでもいる人間、つまり遅刻したり、洗濯したり、手紙を開封したり、料理を仕損じたり、一杯だけでやめておくからとか時間通りに行くからとか約束したりする、そういう、社会生活における自己と、芸術家としての、内奥の自己があって、そちらはなにかを創り出したり、世界を言葉で掴み出そうとしたり、そのうつくしさを追い求めて醜さの中に頭を突っこむことだって厭わない。僕はヴェルレーヌの内に在る、詩人としての彼を愛しているのであって、同性愛者なのはどうでもよかった。けれどそう答えたところで学生たちにはわけがわからないと思われるだろう。ヴェルレーヌが同性愛者だったという事実がどうしても許容できないに違いない。その一点において非難しつづけるに違いない。無理もないと思う。今まで刷りこまれてきた文化だの教育だの価値観だののせいで同性愛者というものに目を瞑《つぶ》ることができないのだ。それがヴェルレーヌであろうとなかろうと。ヴェルレーヌは同性と関係を持った。学生たちはそれが受け入れられない。そのことが彼ら彼女らの目にあまりにも重大に映るせいで、そこから先へはどうやっても進めないのだ。ヴェルレーヌの詩のうつくしさに開眼する日はやってこない。書いた人間が穢《けが》れているのだから。この国では、プルーストが間違っていて、未来永劫間違っていて、サント＝ブーヴが正しいのだ。ここにいる学生たちに向かって同性愛に身を任せたヴェルレーヌと、偉大なる詩人としてのヴェルレーヌとは違うのだなどと認めさせようとしてみたところで意味はない。学生にとって、あるいはその親にとって、そしてこの国のあまりに多くの人にとっては、そんな区別をすること自体が非常識。人は行動が全てなのだから。この国の文化のかなりの部分がこの「区別をしない」という原則に依拠しているのだ。様々に異なるヴェルレーヌが存在するなどと言って通じるはずがない。学生たちはすべてを結びつけてひとつのヴェルレーヌ像としてしか捉えないし、そういうヴェルレーヌ像を求めている。つまり、同性愛者が同性愛者として同性愛の特異性が宿った詩を書いた、というわけだ。だから危険な詩なのだ、と。なにより厄介なのはそこを切り離そうとしない方が正しいのかもしれないということだった。ひとりの芸術家を分断せず、その人をその人たらしめているものを丸ごと受け止めるという態度自体はもっともだと思う。けれどその見方から導き出される結論は互いに食い違っていた。

「そういう理由で教えないというのは残念ですね」と僕は言った。「愚かしい。当局は愚かだね。君たちは愚かだよ。誰も彼も愚かなんだ。僕に決定権があれば……」

「先生に決定権はありません！　一切ないんです！」どこかからそんな声が上がった気がしたが、僕は構わず続けた。口調がだんだん激しくなってゆく。

「僕に決定権があれば教えさせるね。ヴェルレーヌもそうだし、偉大な作家や詩人はみんな教えさせる！　突っこんでる相手が動物だろうが女だろうが男だろうが壁の穴だろうが知ったことか！　なんならトガリネズミとヤってたっていい！」ついに怒鳴り声になった。「大事なのは、偉大な芸術家かどうかだけだ」

　言いきって、肩で荒く息をする。ややもすると、雄々しさの片鱗をみせつけてやったという反骨の恍惚は霧消していった。するとたちまち自分が滑稽に感じられ恥ずかしくなってくる。終業を告げるベルが鳴り響いた。憤怒にたぎる眼差しで僕を睨みながら教室を出てゆく学生たち。きっと僕が加虐刑を演じるものと期待していたのだろう。ヴェルレーヌなど紹介してしまい申し訳なかったと言って欲しかったのだろう。同性愛を批判し、ヴェルレーヌを読むのはハラーム[9]に値するという意見を裏書きして欲しかったに違いない。普段の僕ならそうしていたはずだ。でもいつもの日和見がこの時にかぎって発動されなかった。なぜかはさっぱりわからない。僕は教室に一人になった。すると笑いがこみ上げてきて止まらなくなった。「なんならトガリネズミとヤってたっていい！」って、そんなもんいったいどこから出てきたんだ？

授業が終わったら自分の研究室に来てほしいとコリー先生から連絡を受けていた。先生はゆったりとパイプを燻《くゆ》らせながら待っていた。そうして親しみのこもった目で迎え入れてくれた。

「なんの話かはだいたい想像がついているだろうと思いますが……」

「学生が苦情を言いに来たんでしょう、違いますか？」

「おわかりでしょうが来たといってもここにじゃないですよ。学部長のンディアイにあなたを告発したんです。ンディアイはすぐに私のところへ電話してきましたよ。待ってましたとばかり。私に対して権力を行使するチャンスですからねえ。私があなたと懇意にしていて、指導教員でもあると知ったうえで、つけこんでいるわけだ……」

「先生まで面倒な立場に置くことになってしまってすみません。ヴェルレーヌに関して当局からの通知が来ていたなんて講義の準備をしていた時はまだ知らなかったんです、それで……」

9…イスラームにおいて禁じられている行いのこと。

「そういうこともありますよ、君はまだ若いんだし。ただねえ、いちばんの問題はそこじゃないんです。いちばんまずいのは学部長が、もちろん学生たちもですが、先生の例の発言が聞き捨てならないと、ええと、なんと言ったんでしたっけ……？　ばかげてる？」

「愚かしい、です」

「そうそう、愚かしいね。つまりヴェルレーヌが同性愛者だったからという理由でシラバスに載せてはいけないなんて愚かしい、という先生の意見がお気に召さないと」

「いやでも愚かしいでしょう」

「確かに、愚かしいです。でもだからといってこんなに大っぴらに言ってしまっては、身に危険が及びますよ。当局からの指示を無視した廉《かど》ではなく、先生という人間の倫理観が疑われますから。学生たちがジャッジしているのは、本当はヴェルレーヌじゃない。先生、あなたの同性愛に対する思想なんです」

僕は黙ったままでいた。するとコリー先生は僕に向かって、頭上の蝿を、あるいは浮かんできた考えを追い払うような、なんとも言えない仕草をしてから、いっそう深刻な、闇にも似た声で続けた。

「学生たちはあなたの思想を質《ただ》した。そうして回答を得た。ンデネ君、気をつけたほうがいい。ことこの件に関しては、感情が煽られやすいし、繊細な部分があっという間に過剰反応してしまう。人々の心や、自我の深いところにあるもの、アイデンティティ、歴史、祖先から受け継いできたものを直撃する問題なんだよ。無視してはおけないし、侮ってもいけない。むしろ逆に……」

「とりあえず、どんなことに備えておけばいいんでしょう?」

「さあねえ。気をつけながら様子を見ましょう。しかしとりあえずヴェルレーヌには、それから作家であれ詩人であれ同性愛者の芸術家にはもう一切言及しないようにしなさい。まずはそこからです」

僕はなんともいえない気持ちを抱えたままコリー先生の研究室を後にした。

第九章

ラマはからかうように微笑んでいた。悪戯っぽい眼には、自分の男を形無しにしてやったという勝ち誇った気持ちがありありと浮かんでいる。僕たちは互いに会いたさを募らせていてそれを僕たちなりに、初めてをあるいは最後を思わせるほど獰猛な肉欲に託して伝えあった。僕はまたしてもラマの葉叢《はむら》のごとき髪に死に物狂いで手を伸ばし、あえなく散った。二時間が過ぎ、享楽に疲弊したところで、ようやくまた以前のように言葉を交わし始めた。ラマが腕の中にいる。それだけで僕は幸せだった。話は自ずと例の動画に及ぶ。ラマは僕があれにまだ関心を持っていることに驚いていて、最初に見せた時はバカそのものみたいなリアクションだったくせに、と言った。

「例の、彼がどこの誰なのか知る助けになってくれるかもしれないっていう人、今晩なら空いてるって。後で会うことになってるんだけど、一緒に来る？」

「今日はこのまま二人っきりで過ごさない？」

「過ごさない」

「これは僕の想像だけど、その人ってラマが寝てる相手の一人なんじゃないの？」

「なかなか鋭い想像力ですねえ」

「だったら嫌だ。絶対会いたくない。僕の他にもたくさん男がいるってこと自体はそんなに苦でもないけど、いざ会ったらどんなことになるかわからないし」

「あっそう。じゃあ好きにすれば。わたしの知ったことじゃないし。けど男だなんて誰が言った？　言っとくけどめちゃめちゃもったいないと思うよ。独特の、滅多にお目にかかれないタイプの美人なのに。ンデネは好きだねああいう人、わたし自信ある」

にっこりしながら、ラマはそうっと僕の腕の中を抜け出し、ひょいっとベッドを降りた。寝室の薄暗がりの中に、一糸纏わぬその身体が、まさにそこ、僕の目の前にあり、背中、肩、月に劣らず満ち満ちた尻、両の脚。か細いながらにいつも僕を圧倒するその身体は極上の夢を思わせた。その夢が終わってゆく。霧散してゆく。我慢ならないことだ。僕は起き上がりラマが僕から逃れ去ってしまうのを阻んだ。

＊

ラマの言葉は大袈裟ではなかった。アンジェラ・グリーン＝ディオップは極めて独特のうつくしさを体現していた。髪はごく短く、五分刈りのような感じで、小さなピアスをひとつ鼻にしていた。そのほんの小さな装飾が彼女の雰囲気をとらえどころのないものにしていて、天使なのか邪《よこしま》なのか、一見しただけでは判断しかねるところがあった（ずっと後になってからこの表現を思い返してみて、邪な天使がいたってちっともおかしくないよなと独りごちた）。褐色の斑点は、初めは思わず数えてしまいそうになるけれど、そこかしこに広がり、顔という銀河に数多の星を煌めかせ、とりわけ大きなふたつの青い目が太陽さながら燦然《さんぜん》と輝いている。左の乳房の上方には、極彩色の食肉植物を模したタトゥーがあしらわれていた。茎の部分を辿れば先端は胸の谷間が生み出す薄暗がりへと分け入り姿を消してゆく。そうして黒いブラウスの下に、何かを着けている気配は一切なく、さらなるピアスの膨らみが乳首の位置にふたつ。混血で、父親はセネガル人でサンゴール政権時代に外交官を務めていた人物、母親はアメリカ人で精神分析家。彼女自身はイェール大学で法学の博士号を取った後、帰国を選んだらしい。現在はダカールでヒューマン・ライツ・ウォッチの仕事をしているということだった。

アンジェラは、陽気で、はしゃぎ屋で、聡明で、輝きを放っていて、あまつさえ、愉快な人物だった。最高にくだらない冗談を飛ばしたり、独自のアメリカ観を語ったり、あれこれ質問してきたり、逆に答えてくれたり。気まずさ、警戒心といった、行きすぎた慎みや恥じらいの裏返しとしてこの地に住む多くの女性を近づき難いとすらいえる存在にしているものに煩わされることもなく、僕たちはすんなり打ち解けた。僕が英語で話すと訛りをからかい、あなたけっこうイイ感じと言いながら、そっちこそほんとに綺麗だよねと言えば「知ってる《I know》」と切り返す。

　僕たちはラマを交点として奇妙な情人トリオを成していた。アンジェラは、言うまでもなく、僕が誰だか承知していた。ところが、張り合う気持ちはこれっぽっちも起きず、刺々しいやりとりもまるでない。それどころか、互いにとって掛け替えのない授かりものを囲んでめぐり合い、絆を深めることを喜んでいるような感覚すらあった。アジャ・ンベンヌと母の関係がわかったような気がした。

　ラマが踊りたいと言い出し、僕たちを誘った。アンジェラは酔っ払っちゃったからと断った。僕はといえば、ダンスフロアへ果敢に繰り出すには到底及ばない踊り手だ。それに、アンジェラとすこし話したかった。確かにかなり呑んではいたけれど、議論するぶんにはまだまだ何の問題もなさそうだ。ラマは僕とアンジェラを年寄り呼ばわりしながら蠢《うごめ》く身体の群れへと消えていった。

「バイセクシャルなんだって?」僕はさっそくアンジェラに尋ねた。

「もちろん《Of course》。男だろうが女だろうが、せっかく人間に与えられた快楽の可能性を味わい尽くさないなんて頭おかしいよ。男は試してみたいと思わないの？　ハマるかもよ」

「遠慮しとく。僕にとってあらゆる幸福は女性の内にあるものだから」

「そりゃ自分ではそう思ってるんだろうけど。だいたいさ、男っていうのは、女を理想化しすぎなんだよね。ま、べつに無理にとは言わないけど。でも相当もったいないことしてるよ《but you are missing a lot》」

「知らないでおいたほうがいいかな。とにかく興味ゼロなんで」

「なんか絵に描いたような伝統完全保存主義だね。自分の殻に閉じこもって」アンジェラはそう言って、ビールを一口飲んでから続けた。「でもさすがに同性愛を認めてはいるんでしょ？」

「認めてる、のかな。わかんない。とりあえず理解できないのは確かだね」

「認めない、理解しない……違いがわかんないんだけど《I see no difference》。微妙な言い方をなさるんですねー。言えばいいじゃん、自分はホモフォビアだって。そっちのがわかりやすいよ」

「そうとも言いきれないんだな。単に、ひとりの男として、どうやったら女性の身体以外を愛せるのかわからないってだけで。べつに男性の同性愛者を憎悪してるわけじゃなくて、自分とは相容れない人たちだなとは思ってるけど、それは倫理的にとか信仰に照らしてとかいう理由でもなんでもなくて、審美的な観点から困惑させられるんだよね。わかんないし、一生理解できないままだと思う。なんで男の無味乾燥な身体になんて惹かれるのか。男の身体の、あの生硬な平板さ。丘ひとつない荒野のような、起伏に欠けて目も眩《くら》まない。のっぺりと陰影に乏しく……」

「詩人なんですねえ……」

「前から思ってるんだけど、レズビアンの方はまだ同情できるし、許容できる感じはする」アンジェラの冷やかすような口ぶりを無視して僕は続けた。「同じ同性愛でもレズなら抵抗が少ないから。見てられるよね。女性同士の肉体が快楽と調和を求めて重なり合うところを思い浮かべてもぜんぜん気持ち悪いと思わないし。女同士の動画とかも観たことあるけど、むしろ興奮したな……。でも男同士ってなると、一瞬でも目にしたくない。もしかしたらホモフォビアなのかもしれないけど、審美的嫌悪、女性とその美しさを信奉する裏返しとしての同性愛嫌悪、って感じかな……。男同士が愛し合うのが気持ち悪いってわけじゃなくて、ただ身体まで想像しちゃうと、って話なんだよね。わかる？」

　アンジェラはすこしのあいだ何も言わずに僕をみつめて、ゆっくりと頭をふりながら、唇を深い憐憫の情に歪めた。けれどそれはすぐさまかき消え、好戦的な光がまなざしに灯ったかと思うと、マッチをするような短く乾いた笑い声をあげてから反論を始めた。

「どうしようもないバカ《Definitely stupid》だわ！　マジでどうしようもない《Definitely》！　その審美的嫌悪とか呼んでるやつはセネガルの伝統と宗教に基づいた文化の牢獄にすぎないし、その牢獄の中には女の身体がブチこまれてんの。理想化され、純然たる形相に還元され、情欲をそそり幻想に値する唯一の肉体としてね。なんだかんだ理屈つけてみたって、じゅうぶん倫理とか、宗教とか、文化とかでガチガチの発想だよ。まあでもその程度の話じゃべつに驚かないけど。ンデネの話はホモフォビア言説の土壌を熱心に育んでるような奴の言ってることと変わらない。ただもっともらしい理屈をくっつけてるけど、そんだけじゃん《that's it》。少なくとも自分が嫌悪してるのは男性が男性の身体に欲情することだけだとか、自分は殺したり殴ったりはしないとかさ……てか最低限、それはしないと思いたいけど！　でも言っとくけど自分の考えは暴力的じゃないなんて思わない方がいいよ。じゅうぶん、暴力的だから」

「そうなのかもね。そういう文化で育ってるから。そういう伝統と宗教で」

「ンデネの中では同性愛は自分たちの文化に含まれてないんだろうね」

「少なくとも、含まれていた、とか、いる、なんて話は読んだことがない」

「クソが《Bullshit》！（持ち前の低音でスラングを吐き出すときのアンジェラはぐっとセクシーになる）あのさ、自分が読んだことがないからってどこにも書かれてないことにも事実でないことにもならないよね。証拠があるの、ちゃんと。アフリカの同性愛をテーマにした文化人類学の文献をちょろっと調べてみるだけで、植民地化される前のアフリカ大陸に既に存在していたことがわかるから。何世紀も前から……ずっと前からね！　セネガル人もそうだし大抵のアフリカ人はなんにも知らないんだよ。ていうか知りたくないの《They don't wanna know》。自分たちの国は汚れなき場所だ、昔から異性愛者しかいないんだって考えに閉じ籠って。そうしていれば安心だから。神話を信じるばっかりで、知ろうとはしない。さっきも言ったけど、それこそ絵に描いたような伝統完全保存主義だよ。アフリカには歴史上、同性愛は存在しなかった、なんて主張は学術研究によってとっくの昔に否定されてるの。問題は、その事実がごく一部の研究者の間でしか知られてないってことで、読む人の限られた学術誌でしか言及されない。大衆向けの媒体ではそこまで踏みこめないんだよね。怖いから。でも読みさえすればちゃんと証拠も上がってる……」

「ちょっとごめん」僕は彼女の言葉を遮った。「よかったら……」

そのとき、ボリュームがドンと上がって、僕の声はその波に飲みこまれた。流行の曲のイントロが響き渡る。ダンスフロアでは、ラマが周囲の欲望を一身に浴びていた。自由に踊るラマは、目を閉じ、すべてを解放しながら、激しくも雅やかで、長い髪は四方八方に弾けては再び肩へ落ちるとその顔を覆い、ときには近くで踊る誰かの顔を叩くけれど、叩かれた側は苛立つどころかいっそう彼女に惹きつけられる……。

「なに？《What》」やっとまたお互いの声が聞こえるくらいになったところでアンジェラは聞き返してきた。

「あのね、よかったら、なにか具体的な例とか、詳しい情報を教えてもらえないかな、って。セネガルとか、もっと広くアフリカに、植民地時代の前から同性愛が存在してたっていうことを示す例をさ」

「信じらんない《Incredible》！　どうしてそういう発想になるかな。アフリカが人類の一部じゃないみたいな言い方するよね。人間の習俗や営みに関することであれば、なんであれ、ここアフリカだけに例外状態が存在するなんて理由はこれっぽっちもないの。同性愛に関しては……文献や研究がたくさんあるんだよ、わかるでしょ《you know》……自分で調べてみなよ。目が覚めるはずだよ。だけどね、まあ必要だったりもするとは思いつつなんだけど《even if it's sometimes necessary》、ホモフォビアと闘うのにいちいちアフリカにおける同性愛の歴史を引き合いに出さなきゃいけないこと自体バカバカしいって気がしてきてるんだよね。敵を見誤ってるっていうか、だって同性愛を憎んでいる奴っていうのは千年以上前から存在してるとかそんな話どうでもいいんだから！　そんなもんクソの役にも立ちゃしないんだよ《He doesn't give a single fuck》！　この国で同性愛を毛嫌いしてる連中が歴史的な純粋性がどうとか言いたがるのは、その方が都合がいいからなんだよ。そういうことにしておけば、また白人を叩けるでしょ。これもあいつらが外毒を持ちこんだせいだ、って。そういうシステムになってるのはセネガルだけじゃない。世界中どこの国のどこの国民も、外国人や異郷の人間を退廃の元凶に仕立て上げて責め立てる。

自分たちの目に『退廃』と映るものの元凶としてね。セネガル人の同性愛嫌悪主義者を捕まえて、どうやっても反論できないほどの厳密な科学的証拠を突きつけて、この国にはずっと前から同性を愛する人たちがいたんですよ、って根気よく証明して、それから？　それがなにになる《And so what》？　それで同性愛を忌み嫌うのをやめると思う？　んなわけないし《Nope sir》。それどころか余計ひどくなって、ますます意固地になる可能性すらあるね。ホモフォビアに歴史に裏付けられた大義名分なんて必要ない。というかそもそも大義名分自体要らないのかもしれない。ただただ憎いだけなんだから。しまいには自分でもどうしてそんなに憎いのかすらわからなくなるんだよ。試しにさ、街を歩いて、適当にその辺の人にどうして同性愛者ばかりそんなに憎むのか訊いてみなよ。きっと『信仰に反する！』以上のことは言えない。『ここの文化にはないから』とか言いながら具体的な例なんかひとつも挙げない。今のセネガルでは、そういう、ホモフォビアの根底を支える原理っていうか、心理みたいなものをこそ、脱構築しなくちゃいけないの。過去に存在していたかどうかだけの問題じゃない。もっと根の深い話」

「いくらなんでもみんながみんな訳もわからず嫌悪してるってわけじゃないでしょう。この国における同性愛の歴史についての情報がたくさん与えられれば、より適切な判断ができるようになる人だっていると思うよ」

「いやちょっと、マジでさ、頼むから勘弁してよ！《Oh no, Jesus, please, wake up, guy》」

「それに」奔放で過剰なアメリカ人風の返しをしてみせるアンジェラに負けじと、僕は続けた。「アンジェラは確信してるみたいだけど、どうして同性愛を受け付けないのかみんな理由すら見失ってるとは僕は言いきれないと思う。宗教上の問題だってことはわかってるし、そりゃクルアーンや聖書の中から同性愛が道義に悖《もと》ると断じている一節をずばり引用してみろと言われたら無理かもしれないけど、神に禁じられてるってことは知ってるんだから。みんなそれでじゅうぶんなんだよ。信仰に基づいて忌避してるんだ。そして信仰である以上、さっき言ってたみたいに『脱構築』できるかどうかは疑問だね……。そうやってなんでも脱構築しようとするのは西欧思想の悪い癖で……まあそれはともかく。はっきり言っておく。ここでは未来永劫、同性愛というものが定着することはない」

「いや定着するもなにも既にあるんだよ、この国に！」

「それなら、増殖することは許されないと言い換えてもいいけど。広まるなら他の国へ広まれ、この国に根を下ろしさえしなければいい、っていうのが、この国の多くの人が言っていることだし、望んでいることだ。そしてそれ自体は、僕にも理解はできる」

「私無理。私には理解できない《I can't understand》。人間が、リンチされて、あるいは刑務所送りにされて、死ぬ。その理由が、私人としての、誰に強要することもなく、自分で選んだわけでもないセクシュアリティだなんて」

「自分で選んだわけでもない……それなら証明してみせろって人は結構いそうだね。しかもそんなこと、しようとするだけ無駄だし。アンジェラの言う通りだよ。理屈じゃないんだ、不合理なんだな。同性愛者は受け付けない、以上。理由は必ずしも重要じゃない。ヒューマニズムなんてここじゃ何の役にも立たない。もう一度言うけど、この国ではヒューマニズムよりもっと強固な信念が求められるんだよ。それが信仰。信仰の力を甘くみない方がいい」

「甘くみる？　それ本気で言ってるわけじゃないよね《It's a joke, right》？　どうやって？　信仰の力が、家に閉じこもって息を潜めてきた男性たちにどんな仕打ちをするのか目の当たりにしているこの私が？　まさにその信仰の名の下に家宅捜索が行われて、人の私生活が土足で踏み荒らされてるんだよ。そのうち、誰が信じてて誰が信じてないか、ちゃんとお祈りしてるかしてないか一軒一軒上がりこんで確かめるようになるよ。誰が誰とヤってんのか《who is fucking who》、どの穴に挿れてんのか《in which hole》、どんな体位でどんだけ時間をかけんのか《in which position and for how fucking long》……　信仰が私的な領域をはみ出して……なんて言えばいい《How can I say it》？　公共の空間を支配しようとし始めた《Pretend to rule》なら、それはもう全体主義でしょう。信仰の対極じゃない……」

「こと同性愛に関しては、社会の中でどんな風に認識されるかは、個々の地域、文化、伝統に応じて変わるんだよ。どうしても相対主義的にならざるをえない」

「相対主義は危険なものでもある。みんなして馬鹿みたいに《stupid》口を揃えて、国ごとに事情があるとか、そういうクソみたいにわかりきった話ばっかり並べ立てる《and all those shitty true stuffs》けど。でもだからってゲイの人たちの命を救うのを止めていいってことにはならないでしょ。ゲイも生きられるように、社会の中で他の人たちと変わりなく生きていけるように闘わなきゃ。全部を相対主義で片付けるのはね、最っ低だよ。それじゃ、絶対的なものはありえないの？　特殊性や地域主義を超越する価値観はひとつもないの？　この国に、絶対的に守られるべきものはもうなにひとつないの？　人間の命すらも《Even not the human life》？」

「ないと思うな。信仰を持った人間にとって、神のお考えは人間である兄弟の命より常に偉大なんだよ。その兄弟が同性愛者なら尚更ね。神が一切の哀れみをかけないよう求めるなら、信徒はそうするだろうし、それはなによりも神をいちばんに信じる気持ちからだ。それこそが多くの信徒にとって信仰の礎を成しているといっていい。つまり、神に従うこと、たとえ……」

「おぉ神様《Oh God》、黙ってよお願いだから《shut up, please》」

そこへ、ラマが戻って来て会話に割りこんだ。

「で、教えてもらえた？」

「え？」

「動画のこと、教えてもらえたの？『あの掘り出されたホモの素性が知りたい』って言ってたよね？　アンジェラに会いたがってたのもそのためでしょ？　え、まだ訊いてもいないってそんな！　じゃあ長々といったい何の話してたわけ？」

　議論に夢中になるあまり、僕が今日来た最大の理由について話すのを二人ともすっかり忘れてしまっていた。僕はすぐさま肝腎の件について尋ねた。アンジェラは確かに彼の身元も住所も知っていると言う。近日中に電話するから一緒に家族に会いに行こうと約束してくれた。名刺を渡す僕。

「でもそれまでに」と受け取った名刺をしまいながらアンジェラは続けた。「ここに書いてある場所に行って話しておいて、この男の人と《with this guy》。日曜の夜ならたいてい居るから。そしたらその、私に言わせれば、悪いんだけど《sorry my dear》、そのちょっと反動的な意見にも進歩の兆しが生まれるかもよ」

　そう言ってアンジェラはどこかの住所が記された紙きれと、それなりに年のいった男性の写真を差し出した。

「この人、たぶん知ってるよね。まあセネガル人で知らない人なんていないし。うちの団体はよく彼と一緒に仕事してるの。貴重な経験を積んでて、このあたりの同性愛者がどういう状況に置かれているかについてもすごく詳しいから。この国に二人といない存在だよ」

　見てくれは違っていたけれど、ウィッグも化粧もしていなくても、僕には分かった。それがサバールを統《す》べるあの、サンバ・アワ・ニャングであると。

＊

　その夜は早くまで続いた。バーから出ると、白い光が空の奥で遠慮がちにまたたいていた。アンジェラはわりあい近くに住んでいるらしい。自分の家に寄って今日を締めくくるか明日を始めるかしていかないかと言う。僕は辞退を申し出た。

「ほんっとさあ、あんたって思ってたより頭悪いよね」そう言い放って僕の尻を軽く叩くアンジェラ。「両手に女神様って状況を、みすみす手放すわけ？　むしろゲイなのは自分だったり？　しっかりしてよ《c'mon boy》！」

　ほろ酔い加減のアンジェラはうつくしさがいっそう際立って見えた。その全身から発している自由と憂いのなさは、僕には未来永劫身につけられないだろうものだ。僕はあの夜の鼓手たちを思った。終わりかけの宴で、夜の果てまで寄り添い続けたわずかな聴衆たちと眠りこんでいる酔っ払い二、三人を前に、疲労の極致にあってのみ現れる無我へと没入し、閃《ひらめ》くままに壮麗なアリアの数々を、二度と再び奏でることも奏でるに能《あた》うこともないと知りながら、まさにそれゆえに、あたかも最後の一音を鳴らし終えた先に死が待ち受けているかの如く轟かせていた。アンジェラはたなびいていた。その腕に絡みつき、踊るラマは、やはり酔いどれ、重力を免れて、綺麗で触れようもなかった。二人は僕の前を、金の二連リングのように互いにしがみつき絡み合いながら、よたよたと歩き、一歩踏み出すたびに倒れこみそうにも、飛び立ってゆきそうにも思われた。あと数時間もすれば、ふたりがこの瞬間これほどうつくしかったことを覚えているのは地球上で僕だけになる。それがたまらなくもの悲しかった。空気はひんやりとしていた。海はすぐそこにあった。あまりに鮮明に届く波音のゆえに、道のそこかしこに大西洋が潜んでいて、僕たちを彼方へ攫《さら》ってゆこうとしているに違いないと錯覚しそうになる。

「で《so》？」数分歩いたところでアンジェラが言った。「来る？　うちはそこ入ったとこ（と、すぐそばの通りを指差す）」

僕たちは立ち止まった。ともに誘惑にも似た笑みを浮かべてこちらをみつめている。けれど僕の目にはそれがラマとアンジェラの間で完結しているように映った。僕に入りこめる余地はない。すぐそばにいながら、締め出されている。二人はまるで巨匠の筆《て》になる絵、純粋で抑制の利いた、さしずめ「二人の女、夜の果てに」とでも題された傑作で、僕はといえば、その生きた絵画の光輝に圧倒され、見つめ続ける観客にすぎなかった。後を追って絵の中へ入りこもうなどとしようものなら、その魔力を跡形もなく散らしてしまう。狂おしいほど二人を欲してはいるものの、この野暮な欲望で二人の調和を乱してしまえば世界が醜くなるだろう。僕はそれぞれと抱き合い、しばらく離れずにいた。最初はラマと、次にアンジェラと。それから、黙ったまま、再び家路を辿り始めた。

遠ざかってゆきながらも、アンジェラの声が聞こえた。

「なんかさ《Well》、ラマの友達って、独特《special》だね。好きかも《Love him》。でも行っちゃった。ふたりっきりだね。行こ！」

それから、帰りの道すがら盛り場の路地を通り抜ければ、最初の客を待つ行商人と最後の客を見送った娼婦が――ファジュル[10]の祈りを捧げるムスリムたちの忌まわしげで貪るような窃視を浴びながら――影を融け合わせていて、さっき二人が通りの薄闇へと分け入りながら上げていたあの弾けるような笑い声、澄みきって混じり気のないラマの笑いと、低く官能的なアンジェラの笑い、いずれ劣らず扇情的で、まったき欲望を漲《みなぎ》らせた声たちが背後から追いすがり、明け方の耳元で炸裂するやクセルクセスがエーゲ海で振るった鞭を彷彿とさせた。一糸纏わぬふたつの身体が、交わり終えてくたくたになり、絶対の平和に包まれて幸福な死を待つかの如くまどろんでいる光景に抱かれたまま、僕は家に帰り着いた。

10…イスラーム教で一日の最初に捧げるお祈りのこと。夜明けに行われる。

第十章

先日取り戻したあの自己欺瞞の余勢はいまだ衰えきってはいない。今週も金曜日はモスクへ行く。最後に会った時はあまり穏やかでない別れ方になってしまったにもかかわらず、父は、前日になって、「アル カユーン」ことアラジ・アブゥ・ムスタファ・イブナ・カリルラーァが復帰すること、明日の金曜礼拝にはできるかぎり多くの信徒に集まってほしいと言っていて、察するに、なにか極めて重大な見解を示すつもりであるらしいことを知らせてきた。

「アル カユーン」は依然として地域の人々にとっていちばんの信仰のよりどころだ。その呼びかけに、誰もがモスクへと足を運んだ。加えて、例の件に関する噂が、広まっていた。前回の説教、つまり父が行った説教について、「アル カユーン」はなにか言うつもりらしい、と。

「アル カユーン」が姿を現した。

疲労困憊で、弱りきっているようにみえる。顔には陰が落ちていて、その上方には既に、黒い翼を広げる不吉な天使の姿があった。かつて鋭く厳しかった眼光は、精気を失っている。古い窯の火床で消えようとしている火が最後にぱちぱち音を立てているといったところだ。それでもまだ体を動かす力は残っていて、とはいえ大儀そうではあり、さりげなくではあるが、片側を、お付連中の一人に支えられている。やがて四十年にわたり揺るぎなく威厳をもって君臨してきた説教壇についた。いよいよ話が始まる。するとそこへ、禿頭（それもぞっとするほど見苦しい禿げ方だ）に長身、面長で、目つきの些《いささ》かどんよりした男がやって来て「アル カユーン」の傍ら、心持ち後ろに腰を下ろした。その男が何者でどんな役割を負っているのか僕は瞬時に理解した。ジョタリカットだった。

まったくもって、好奇心をそそるこのジョタリカットという存在に、僕はかねがね強烈な魅力を感じていた。字義通りに訳せば、「伝える人」あるいは「渡す人」といったところだろうか。いったいなにを渡すのか？　なにを伝えるのか？　そのままでは聞こえない言葉、音量が小さすぎて遠くまで届かないメッセージを。単なる伝達者である以上に、ジョタリカットとはアンプであり、人間スピーカーであり、拡声器だった。奇妙な任務だけれど、遂行に際しては実直さ、さらには、これから目のあたりにするだろうが、ちょっとした才能さえも要する。宗教（あるいは政治）の世界の指導者層が、疲労、衰弱、加齢、病気などを押してでも人前で、それも音響設備が整っているとは言い難い会場で演説しなければならない、という場合に必ず出動する。集まった聴衆全員によく聞こえるように、腹心の仲介者を使役して自らの言葉と真意を託すわけだ。そのうえなかなかに気取ってい て、それはお偉方の様子に顕著だった。絢爛豪華ないでたちのマラブーが、無造作に、その気になっているとも小馬鹿にしているとも取れる様子で、待ち構えているジョタリカットの耳の方へ頭を傾けては気怠そうになにごとか囁くところなど一見の価値がある。その滑稽な振る舞いは在りし日の君主を思わせた。

そしてジョタリカットは伝える。あくまでも「伝える」のだ。繰り返すのではない。時にそう見えたとしても、オウムとは違う。そっくりそのまま繰り返してはいないからだ。それどころか、ジョタリカットはいわば才能なきグリオであり、言葉の道を極め損ねた者であり、陽の当たらない欲求不満の小詩人、言語の達士であることを夢見ていながら、無惨にもジョタリカットでしかないのだ。創作者の栄光に浴したいと欲しつつ、生憎と伝達者というしがない裏方にしかありつけない。芸術の神に選ばれなかった者の悲劇。しかしながら、ジョタリカットも才能がないわけではない。あるにはあるが、名うての語り手となるには到底及ばない。そこでジョタリカットという役割を通じて自分の才能のあらんかぎりを発揮しているのだ。マラブーの言葉を単に繰り返すというよりは、飾り立て、膨らまし、いっそう輝かせる。演説を求められる側になれなかったジョタリカットは、権力者が発した言説を奏でることで自在に修辞を施すのだ。時に驚くほど大胆に、ただし言うまでもなく、常に一定の節度を持って。誇張するジョタリカット、その姿は誇張法の巨匠。かと思えば仄《ほの》めかす。曲言法の名手として。潤色し、延べ広げ、くだくだしい文句の連なりに変えてみせる。マラブーが警戒を呼びかければ、ジョタリカットは恫喝する。前者がこうした方がよいと勧めれば、後者はこうしなければならないと強要する。そうやって伝えることがジョタリカットにとっては鬱憤を晴らす好機となるのであり、すべては詩情にこめた復讐、みじめな人生への報復なのだ。なんだかんだいっても、ジョタリカットはこの国の伝統的な意思伝達システムにおいて肝腎要の位置を占めている。君主やマラブーはじめ力を持った人間の言葉は彼の口を通して初めて十全に花開き、臣民や信徒の耳に託宣としてもたらされるのだから。

＊

「アル カユーン」が身体をわずかに左側へ傾ければ、ジョタリカットはすでに聴く態勢に入っていた。僕のいた列からは、「アル カユーン」の言葉はとぎれとぎれにしか聴き取れなかった。けれどジョタリカットが引き取って存分に響き渡らせてくれる。

「今日この場に集まってくれた皆に……（聴こえない）。ありがたいことに（聴こえない）であり、皆の祈りが支えてくれた」とアラジ・アブゥ・ムスタファ。

「アラジ・アブゥ・ムスタファ・イブナ・カリルラーァすなわち『アル カユーン』はまず神に、そして預言者モハマドゥ・ラスゥラーァに感謝を捧げ、さらにはここに集まった男、女、子ども、老人の一人ひとりの姓と名に敬意を表されるとのことである。これほど多くの者と再会できたことは至上の喜びであり、ご自身の呼びかけに応えてくれたことに礼を言うと仰っている。また先週の金曜礼拝を取り仕切る責を果たせなかった点について心からの謝罪を申し出ておいでだ。皆も知っての通り、少々体調を崩されていたわけだが、皆の祈りに助けられて今日が在ることを確信なさっている」とジョタリカット。

「まだ本調子ではないけれども（聴こえない）言わねばならないと思い、他でもないアラジ・マジムゥ・ゲイィェが触れた（聴こえない）という報告があった」とアラジ・アブゥ・ムスタファ。

「アラジ・アブゥ・ムスタファ・イブナ・カリルラーァすなわち『アル カユーン』はまだわずかに病の気配を感じておいでであり、胸の痛みは片時も止まずにあるが、今日のこの日を我々と共にしたいと強く望まれていた。幸いにして医師から外出の許可が下りる運びとなり、これは極めてめでたいことで、なんとなれば先週の金曜礼拝における説教でアラジ・マジムゥ・ゲイェが言及したある問題に関し、ご高見を示される心組みゆえである。件《くだん》の発言を『アル カユーン』にお伝えしたところ、改めて取り上げたいと仰せだ」とジョタリカット。

「問題というのは、同性愛に関することだ」と「アル カユーン」。

「問題というのは他でもなく、ムスリムであり、セネガル人であり、神に仕える身である我々一人ひとりにとって捨て置かれぬ恐るべき問題、その身に悪魔を宿して罪をなす被造物の成れの果て、すなわち同性愛者に関することである」とジョタリカット。

「去年起きたあの(激しく咳きこむ)、おぞましい事件の数々については皆も覚えていることと思う。最初の一件は男ばかり何人も集まっての結婚式で……」本題に入る「アル カユーン」。

「アラジ・アブゥ・ムスタファが、諸君もよく記憶していることは重々ご承知の上で、改めて思い返すよう仰っておいでなのは、数ヶ月前に結婚式を挙げている現場を押さえられた同性愛者の一団の件である。下賤な倒錯者たちの集いという他なく、あの一件を皮切りとして同性愛者という、呪詛から生まれ人の親を持たず、淫欲に退廃した種として神に地獄で灼かれる定めの者たちにまつわる数多の醜聞、度重なる涜神、甚大な惨禍が連綿ともたらされたのであった。奴らの行いは自然の理、教えに基づく品位と良俗に背くものであり、イスラームの定める美と価値に背くものである。我らが神によって絶対的に禁じられた存在なのだ」とジョタリカット。

「それでも彼らは恵まれている。刑務所に入れられるだけで済んでいるのだから。情けのすぎる判事もあったものだ。イスラームの掟に従えば、なすべき（聴こえない）殺して然るべきだった」と述べる「アル カユーン」。

「アラジ・アブゥ・ムスタファは忌まわしき同性愛者どもが刑務所に安穏としているのを嘆いておいでだ。量刑を決めた当の判事にしてからが奴らを擁護する一味の一員なのではないか？　禁固刑に処すという名目で生きながらえさせてやったのではないか？　なぜといってイスラームの基本を成す掟に従うならば、すっぱり息の根を止められて然るべきだったからだ。今日なお、この問題が解決されていないのも、件の判決が手ぬるかったからに他ならない」と伝えるジョタリカット。

「ゴール・ジゲンたちはこの社会から遠ざけておかねばならない。もしも出てゆきたくないと言うのなら、こちらも（聴こえない）力尽くで墓場の静謐《せいひつ》を味わわせるしかあるまい。我々の暮らしと生活から彼らをきっぱり取り除くこと。それがシャリーアの定めるところなのだ」と言う「アル カユーン」。

「同性愛者どもは皆殺しにすべきである！」と要約するジョタリカット。

「この件に関しては（聞くも無残なほどの咳きこみ）、議論の余地などないし、それは相手が誰であろうと同じことだ。哀れみは無用。祈ってやることすらまかりならん！」昂《たかぶ》る老イマーム。

「同性愛のごとき大禍を前にして話し合いでの解決を夢想する全ての者に対する、アラジ・アブゥ・ムスタファからのお答えは、議論の余地などなし、である。跡形もなく消し去り、駆逐せねばならない！　神が、我らムスリムにそのように求めておいでなのだ。セネガルの地は、神の御加護により、その歴史において一切の同性愛と無縁であった。不法で不正なものに違いはないが、しかし我らの社会には元来なかったものだ。あずかり知らぬものなのだ！　祈る価値すらない」

「神にお祈りし我らが信心を過たぬようおすがりせねばならない。見捨てられてしまわぬよう、今までにも増して祈りを捧げねばならない」

「皆殺しにせよ！」とはジョタリカットの要約。

「世界の終末を告げる現象として記されているもののひとつが、他ならぬ同性愛者の増加である。西欧では、奴らに婚姻が認められている。これを支持するムスリムも存在する。はたして神が、その全知に基づき仰るところによれば（聴こえない）声を上げて奴らを擁護し、自らの信仰と預言者の教えを打ち捨てるムスリムが大勢現れるだろうと（聴こえない）。

そのような穢《けが》れたムスリムになってはならない。我らが信仰を、価値観を、伝統を守ろうではないか」

「ムスリムの兄弟たちよ、世界の終末はもはや遠くない。同性愛者は世に跋扈《ばっこ》している。西欧では、今や奴ら同士の結婚が認められているのだ。加えて『アル カユーン』ことアラジ・アブゥ・ムスタファ・イブナ・カリルラーァが終末の急迫を確信なさっているのは他でもなく、ムスリムの中に、もとい自らをムスリムと称する者たちの中に、ゴール・ジゲンを擁護する者が増えつつあるからである。偽りのムスリムどもは同性愛者と大差ない。最後の審判が下る日に、神になんと申し開きをするつもりなのか？ 奴らは地獄へ落ちるだろう。現世で擁護してやった連中もろとも。運命の橋を渡るまさにその時、業火に燃える辺獄の深きへと堕ちてゆくのだ！ 斯様な涜神の輩、背教者の類に落ちぶれてはならない。我らが価値観を、信仰を、神を、守り貫かねばならない」

「皆の静聴に感謝する」と「アル カユーン」。

「『アル カユーン』は諸君の静聴に感謝を述べられた」とジョタリカット。

「アル カユーン」は見るからに息も絶え絶えといった様子で、ぽつぽつと祈りの言葉を並べたが、突然、がくんと容態が悪化したようだった。誰かが救急車を呼んだものの、外の人だかりがすごくてなかなかモスクに辿り着けない。勇敢なるジョタリカットがムアッジン（祈祷時刻告知係）のアナウンス用マイクを引ったくり、きつい口調で指示を重ねてようやくなんとか入り口までの道が開けた。危篤状態の「アル カユーン」を乗せ、お付きが二人乗りこむと、救急車はアバス・ンダオ病院へ向けて出発。この一連の騒動で、肝腎の礼拝のことを皆ほとんど忘れかけていた。僕がそのことに思い至ったのは、モハマドゥ・アブダラァが控えの間から、厳しくも勝ち誇った顔つきで出てきたのを見た時だった。そのままイマームの席に着くモハマドゥ・アブダラァ。信徒を束ねる者として、アラジ・アブヮ・ムスタファァ・イブナ・カリルラーァが新たに選んだのは、彼だった。

皆がお祈りをしようと立ち上がった際、父の姿が目に入った。一人の男の顔にこれほどの威厳が浮かぶ様を僕は生まれて初めて見たが、はたしてその男はつい今し方、公衆の面前で、断罪され、辱められたのだった。

＊

父の失脚はその後もしばらく人々の話の種となり、父は次第に孤立していった。僕にはほとんど哀れにすら思えた。一歩外に出れば嘲笑と囁き声、心ない言葉や敵意に満ちた視線を一身に浴びながら歩いた。父を支持していた人たちも一人、また一人と離れてゆき、今や地域で一強となったモハマドゥ・アブダラァの側についた。かつてあれほど愛されていた父はもはや同性愛者のために祈るよう働きかけた輩にすぎず、鼻つまみ者でしかなかった。モスクへ行けば、最前列はおろか、二列目にも席はなかった。大勢いる信徒のひとりと化した父の姿は、どこかの列に紛れこみ、それどころか席にありつけないことすらあった。モハマドゥ・アブダラァはといえば、いまや金曜礼拝を一手に司る存在として、父に話しかけなくなっただけでなく、説教のたびにあの手この手で父への当て擦りを織り交ぜた。父はうつむかず、何も語らずいた。苦しんでいるのかすらも僕にはわからなかった。というのも、奇妙なことに、一連の孤独と疎外によって父の信仰はいっそう深まっている様子だったからだ。その瞳にある種の軽やかさが見て取れることもあり、あたかも「アル カユーン」の選択を受けて重荷から解かれたかのようだった。独り在る父は気高さに近いものを湛《たた》え、ひいては漠たる安寧をも得ている気配がある。この状況をどう受け止めているのかと尋ねると、今回の件から得るべき教訓はたったひとつ、俗世の人間は取るに足らない存在であり、ただ神のみが全てだということだ、と答えた。僕には父の言わんとするところがよくわからなかった。

　僕にわかっているのは、父が、あれほど正統を重んじる厳格な父が、もしも僕が同性愛者でムスリムと同じ墓地に埋められようものならスコップもツルハシも使わず、自らの手で掘り起こす覚悟だという情け容赦のないあの父が、周囲から同性愛に寛容すぎる、ゆるすぎるとみなされたという事実だけだ。まったく大した国だ。

それから何週間かして、「アル カユーン」ことアラジ・アブッ・ムスタファァ・イブナ・カリルラーァが死んだ。葬儀は圧巻の規模だった。言うまでもなく、モハマドゥ・アブダラァが晴れて新たなイマームの座に就いた。

第十一章

「アルカユーン」が最後の説教で言及した「おぞましい事件の数々」については僕もよく覚えている。わずか数ヶ月の間に立て続けに起きたことで、同性愛に関連した一連の醜聞、という括りで語られていた。

最初の事件が起きたのは一年前の三月四日。その日、ダカールのとある住宅街で男性の集団が結婚式を挙げていたところを地元の若者たちに取り押さえられた。王侯貴族さながらに着飾った者を多数含む男性たちが、ひとつの立派な建物に次々と吸いこまれていったという。その珍奇な一行が地元の若者たちの好奇心を掻き立てたのは服装もさることながら、いそいそともピリピリともつかない、あたかも人目に留まることを恐れているかのような彼らの態度だった。あれは同性愛者なのでは、という疑いがたちまち住民たちの心に湧き上がった。一同は夜が更けるのを待ってから、盛大にめかしこんだ男たちが入って行った部屋へ乱入。その場にいた者たちの証言によれば、男性ばかり十四人が集まって結婚を祝っていたそうだ。ただちに警察を呼ぶという適切な判断のできた若者はいなかった。激昂と嫌悪とに突き動かされて、その場で全員を袋叩きにした。新郎とおぼしき男二人のうちの一人は、この時に片目を失った。その夫はリンチから逃れようと窓から飛び降りて両足を骨折。彼らの部屋は五階にあったのだ。しかし不幸にも、同性愛者どもが逃亡を企てた時に備えて地上で張りこんでいたもうひとつの若者グループの存在に気づいていなかった。足を折ったうえに棒でめちゃくちゃに打ち据えられた彼は、さらに肋骨を四本折られ、歯を七本失った。新郎たち以外の参加者も、多少の程度の差はあれ全員が重傷を負った。うち一人は昏睡状態に陥った。残りの者は裁判にかけられ、「猥褻行為、反自然行為、ならびに非合法活動を目的とした集合」の廉《かど》により懲役五年の実刑判決、さらには百五十万フランの罰金を科せられた。

このゴール・ジゲンの結婚式騒ぎからひと月と少しして、次の事件が起きる。四月十三日、セネガル人のレズビアン女性がお互いの性器を交互に舐め合い、セネガルで最も話者の多い言語であるウォロフ語を交えながら卑猥な声を上げている動画がネットのポルノサイトに上がっている、という通報がマスコミに寄せられた。ちなみに通報者がこの動画を発見したのは、言うまでもなく、まったくの偶然だという。ともあれ件《くだん》の動画は国中を席巻した。そのうえ問題の女性二人がご丁寧に素顔を晒していたため、文字通りのハンティングが始まることになった。お尋ね者《Dead or alive》だ。二人の首には懸賞金が賭けられた。いくつもの宗教団体が、呪われしレズの売女どもの素性を突き止めた者、またそれを助けた者全員に報奨金を与えると表明した。膨大な数の密告に次ぐ密告が続き、多くはでたらめだった。知り合いの知り合いが犯人の片割れの姉と付き合っていたことがある、などと嘯《うそぶ》く人物が大量に現れた。不当逮捕はどんどん増えた。よりによって容疑者二人のどちらかに似ていてしまったりした日には、その女性の人生は地獄と化した。そうした不運な人違いがいくつも起きた。罪深き二人の女と瓜ふたつの女性が十名ばかり監獄送り、でなければ病院送りにされた。そうして動画の二人は一向にみつからなかった。やがて、狩りが始まって何週間か経ったころ、二人は自分たちの動画が「まったくの偶然で」無辜《むこ》の通報者に観られてしまったことを知った直後に、国外へ逃げおおせていたことがわかったのだった。

五月二十九日、音楽界を新たに牽引するスターであり、抜群にスタイリッシュなことでも知られる若い男性歌手が写真の中で手にしていたバッグに注目が集まった。有名ブランドの、極めて瀟洒なその品はしかし、不幸にも女物のように見えた。そしてバッグにあしらわれたポケットの数々から火種が飛び出すのにそれ以上の理由は要らなかった。バッグの性別をめぐり喧しい議論（女性用か？　男性用か？　中性用か？　トランスジェンダー用か？）が飛び交ったかと思えば、たちまち世にも恐ろしい疑惑がかけられた。もしもあの歌手が、類い稀なる美貌を持ち、国中の女性を虜にしている彼が、同性愛者だったら？　それまでに発表されてきた曲という曲の歌詞が片っ端から検証され、どこかにサブリミナル・メッセージが忍ばせられていないか、彼のゴール・ジゲン性を裏づける手がかりがないかと人々は血道を上げた。姿勢や態度のひとつひとつが専門家たちによって分析された。事件は政界をも巻きこんだ。お歴々が口々に見解を示した。歌手の妻（既婚だったのだ）がテレビで会見を開き、自分の夫は男性性に満ち満ちた人物であり、まったき、屈強な、オスの中のオスであり、ずっしり巨大な睾丸と十八センチをゆうに超す鋼の逸物が両脚の間に埋めこまれていると請け合ってみせた。けれどそれでもまだ疑惑は収まらない。抗議のデモや集会が開かれる。バッグ事件の真相解明を要求する人々。あんなになよなよしていては信用できない、という糾弾の声。本人は疑惑が取り沙汰された当初ツアーの真っ只中だったが、中断して大急ぎで帰宅することを余儀なくされた。釈明も迫られた。その模様はテレビの特別番組として放送され、視聴者数に関するあらゆる記録を更新した。その夜、彼はわざわざ持参したクルアーンにかけて、自身が同性愛者ではないこと、そのような劫罰《ごうばつ》は誰にも望まないことを誓った。そのうえで、数百万人の視聴者が見守る中で事件の発端となったバッグを燃やすという象徴的な行為をもってこの論争を締めくくった。これを供儀として、一連の騒ぎをきっかけに発生したあらゆる暴力は退散し、清められ、贖《あがな》われた。

それから数ヶ月は比較的平和な日々が続いたが、九月十八日、とあるゴシップ誌が、セネガル中でお馴染みの人気論説委員の男性が街をうろついていた十四歳の少年を自身の事務所に連れこみ、房事に耽っていたところを現行犯逮捕されたと写真付きですっぱ抜いた。男性は即刻刑務所に送られたが、世論は小児性愛《pédophilie》という犯罪行為よりも男色家《pédéraste》という過ちの方に遥かに大きな不快感を示した（その昔、このふたつの言葉は同一の事象を指していたのだけれど、まあその話はおいておこう……）。困窮している未成年を、金で買うか、丸めこんだかして自分と寝るよう仕向けた事実は重大ではあるが、それでもまだ許される。だいたい、公道をあてどもなくうろついて、住むところもなく、自らを持て余しているだけのあのタリベ[11]連中の体は、なにかの役には立つべきなのだから。だがしかし、男とヤったとなると、それは、さすがに弁解の余地はない。どうやらまず目が行くのは被害者が男性だということで、その男性が子どもであるという点に思い至るのはその後のようだ。栄華の絶頂から汚辱の沼へと引きずり下ろされ、友人という友人から見放されて、見る影もなくなったかつての人気ジャーナリストは独房の中で、病と、孤独と、恥辱と、絶望に冒されのたれ死んだ。そうして死んでからようやく、怜悧で比類なき頭脳をその過ちゆえに喪《うしな》った、と人々は嘆き悲しんだ。人生を破壊された男の子について語る者はほとんどいなかった。

それから何事もない日々が何ヶ月も続き、ようやく一連の騒ぎも収まったらしいと思われ始めたところで、若くて最近人気の作家が、僕は評価しないけれど（特に嫌いなのが文体で、あまりに時代がかっているし、どんくさいし、凝りすぎて感じられることもあるし、それに人物の方も、謙虚を装ってはいるけれど尊大で自惚れの強い性格なのが透けて見えて、あの落ち着いた物腰も演出っぽくて気に食わない）、まあとにかくその若手作家が、自分の中に芽生えつつある同性への欲望に懊悩する男性を主人公にした小説を出版した。この本は批評家筋からこてんぱんに酷評され、失敗作（そこは同意）であり、品性下劣であり、なかんずく道徳的な観点から危険な本だとの烙印が押された。作家本人は、自分は同性愛者を擁護しているわけではなく、彼らの心身に何が起きているのか分析しようとしたまでだ、と釈明に努めた。そうして、自分にとって大切なのは文学的な実験であり、それによって得られる人間存在についての知見だけなのだ、と主張した。これは小説で、フィクションで、文学作品であって実録ものではない、と声をかぎりに触れて回った。作中の「僕」とは語り手自身

11…セネガルで、指導者のもとに寄宿してクルアーンを学ぶ子どものこと。ただし指導者に搾取されている場合も多く、自分の食い扶持を稼ぐため、あるいは指導者の生計のために路上で物乞いを行い、都市部の不安と危険に晒されている。

であって、作者を指しているのではない、と必死に叫びたてた。そうやってやれるだけのことをやり言えるだけのことを言い尽くした彼を、誰も信じなかった。西洋の同性愛団体の走狗だ、たんまり金をもらってゴール・ジゲンを擁護しているに違いないと糾弾するに留まらず、彼自身がその筋では有名なホモ野郎で（確かにちょっとそれっぽい雰囲気がないとは言えない）、若者をその道に染めようとああいう内容の、しかもつまらない本を何冊も書いているのだ、とまで言われた。人々は夢中になって彼を叩いた。若い作家は叩き潰された。彼は、短い、ごく私的な趣の独白録を著し、その中で、文学によって生き、文学によって死す身であることはもとより承知していた、と述べた。そうして、その本を出版した数日後、自ら命を絶った。まるで、それこそ、自身の身に批判と指弾とをもたらした件の小説の主人公のようだった。作者と作中の同性愛者とが相似的な運命を辿ったことをもって、彼を男色とする説が裏付けられたと受け取る人々もいた。悲惨だったのは、若き小説家が荘重かつ美麗な一作にせんと欲したであろうその最後の短編すらも、僕の目にはたいがい酷くて無駄に仰々しく映ったことだった。

この事件を最後に、同性愛に関して注目すべきような話は一切耳にしなくなっていた。そこへ現れたのが、あの、暴かれた男性の動画だった。

第十二章

アンジェラの言う通り、サンバ・アワ・ニャングはこの国でも特殊な存在だった。例外と言い換えてもいい。国民の大半をムスリムが占め、同性愛者は社会の一員としての生命を――時として単に生命そのものを――断たれる国で、どうしてサンバ・アワ・ニャングは見逃され、それどころか一目置かれてさえいるのか、僕にはわからなかった。彼がゴール・ジゲンなのは誰もが知るところなのに。サンバ・アワはつかみどころがなく、しかしそれでも、市民の憎悪をこの上なく強力に煽り立てる要因と、大衆の熱愛をこの上なくありありと掻き立てている現実とを真実その身に邂逅させていた。セネガル人が最も敬うもの――生き生きと鮮やかな、土着の美意識の体現者ともいえる佇まい――と、おそらくは最も忌むもの――ゴール・ジゲンとを、彼自身の内に凝縮している。いったいなぜそんな混淆《こんこう》がありうるのか見当もつかず、それゆえずっと気になっていた。

僕自身、いつしかサンバ・アワをゴール・ジゲンとして受け入れていた。風景の中に、日常の内に、そのまま組み入れていた。彼はそこに、ただ存在していた。お馴染みの人物として。それに思えば、記憶にあるかぎり、サンバ・アワは昔も今もずっとこうだった。一方では同性愛者という噂（しかも、本人は否定する素振りを一切みせない）を纏い、また一方ではある意味で公然たる栄光に輝いていた。同性愛者であったがゆえにここまでの成功を手にしたのではないかとさえ思えるほどだ。

アンジェラのおかげで会う機会が得られて、僕はとても嬉しかった。訊いてみたいことがたくさんあった。

サンバ・アワ・ニャングが虚像でしかないことは承知していた。つまり、彼については誰もなにも知らないのに、誰もがなにもかも知っているような気になっているのだ。なにより彼自身、自分にまつわる噂が野放図に広まってゆく様に薄暗い快楽を覚えているようで、敢えて材料を提供し続けているふしすらあった。数々の有名人と浮名を流されても、名だたる大物たちの寵愛にあずかっていると囁かれても（僕自身、西欧のさる大国の大使に庇護されているらしい、という話はあちこちで耳にした）、彼を主人公とした放埒きわまる武勇伝が語られても、名前が一人歩きするようにしてスキャンダルが伝えられても（国を代表するような宗教指導者のベッドにいるところをみつかったことがあるそうだ）、彼は応答するそぶりを一切みせなかった。なにひとつ肯定することもなければ、否定することもなかった。そうして噂は広まり続け、規模も大きくなってゆく。サンバ・アワはこれを逆手にとって、自身の私生活に関する沈黙と巷での奔放なイメージを同時に涵養《かんよう》することにも成功していた。

いずれにせよ、セネガルの人々にしてみれば私人としての在りかたと公的な場での在りかたとのギャップなんてどうでもいいのだ。そのふたつの領域は地続きとみなされている。自分たちが確かに知っていること——ターアンベール[12]やサバール、軽業をはじめあらゆる土着の宴を盛り上げる傑物であり、同性愛者と悪名高い存在でもある——だけでじゅうぶん。公衆の面前で同性愛者として振る舞っている以上、きっと私生活でもそうなのだろう。この国では、行動は内面の表れなのだから。

すると次のような現象が起きる。すなわち、人伝てに仕入れた逸話なら誰に訊いても披露してくれるのに、ひとたび踊りの輪を離れたサンバ・アワのこととなると誰に訊いてもよく知らない。知ったところで、どうなる？　ただの同性愛者じゃないか。きっと同性愛者らしい暮らしをしているんだろう。

アンジェラが教えてくれた場所はプラトー地区にあった。勧められた通り、とある日曜日の夕暮れ時に足を運んでみた。

12…セネガルに古くから伝わる民俗行事。サバールの一種。

＊

凪いだ空気。漏れ入ってくる、やわらかな光。いくつもの人影。カップル、友達同士の集まり、一人客。どこからともなく聞こえてくるコラのたえなる調べ。優雅に囁き合う声。店内を一周してから（サンバ・アワの姿は見えなかった）、僕は入り口近くの片隅にあった席に腰を落ち着け、飲み物を注文した。サンバ・アワ・ニャングが入ってきたのはそれから一時間後だった。最初は彼だとわからなかった。数週間前の、ドレスに身を包み、人々にみだらなダンスを競い合わせていたあの男とはあまりにもかけ離れていたから。けれどよく目を凝らして見ていると――幸い、すぐ隣のテーブルについたので、薄暗い照明にも負けず、顔をつぶさに観察することができた――しばらくしてようやく、人前に立つ時のあの強烈な化粧の後ろに隠された、彼本来の顔立ちが浮かび上がってきた。雅やかで、高貴とすらいえる装い。たっぷりとした白い三つ揃いのブーブーのその上等な布地が、彼が身体を動かすたび囁くような音を立てる。

テーブルには、注文すら聞かずに運ばれてきた軽食が置かれている。このバーの常連なのだろう。僕はその後も長いこと様子をうかがっていた。一つひとつの仕草がゆっくりと、しかし精密で、ぞんざいなところが一切なかった。顔はというと、僕はこれほど憂いを帯びた表情をついぞ見たことがなかった。目の前にいる彼は、甘やかで孤独な憂愁を描いた一枚の絵のようで、サバールの記憶と猛烈な不協和音を奏でていた。

「ずっと私を見ているねえ。何かお役に立てることでも？」

彼の表情の襞にすっかり魅入られていた僕は、向こうがこちらをうかがっていることに気づいていなかった。気まずさのあまり、言葉が出てこない。

「どうみても」とサンバ・アワは続けた。「私が誰だか気づいてるよね。そう、サンバ・アワ・ニャングです。よかったらこちらへ来ませんか」そう言って自分のすぐ前にある椅子を勧める。

思いがけない申し出に僕は驚き、次いで戦慄した。困惑したまま数秒が過ぎてゆく。招きに応じて彼と話すという望外のチャンスを得るべきか、それとも固辞してずらかるべきか。

「大丈夫」僕の動揺を見抜いたかのように、サンバ・アワは低く厳かな声音で告げた。「ベッドへ連れこんだりなんかしないから……」

それを聞いてほっとしたのが顔に出たに違いない。

「……少なくとも、今夜のところはね」と付け加える。

そうして彼は初めて笑顔をみせた。それはサバールの神に群衆が求めてやまないあの蠱惑的で尊大な笑顔ではなかった。それどころか、疲れ果て、笑みを浮かべるのも覚束なくなってきたひとりの男のそれだった。そのさまには、胸に迫るものがあった。僕は立ち上がって彼と同じ席に着いた。

近寄ってみると、僕はサンバ・アワ・ニャングの顔にますます惹きこまれた。老いて、やつれたその顔に苦悩が気高さを、ひそやかな気高さを湛《たた》えて横たわっていた。

「マスコミの人？」

「いえ」僕は答えた。

「ならよかった」

彼は黙りこんだ。コラの音が、僕たちを含めまだ店内にいる六、七人ほどの客へ向けて流れ続けていた。

「マスコミとかじゃないです。ただ、あなたにお会いしてうかがってみたいことがあって来ました。アンジェラの……アンジェラ・グリーン＝ディオップと友達で」

「ああ、あの子の……それなら信用してよさそうだね」

「でも、話なんかしたくないと言われればそれも当然だろうとは思いますが」

今度はサンバ・アワの方が僕の顔を穴のあくほどみつめた。奇妙な表情を浮かべて。警戒しているのともおもしろがっているのとも違う、どちらかというと感謝と好奇心が入り混じっているというか、まるで、随分久しぶりに、こんな愚直さを露わにして自分のもとへやってくる人間に会った、とでも言わんばかりだった。

「君、なんだか、いいね」しばらく経ってから、彼はゆっくりとそう言った。「やっぱり今夜、ベッドに連れこんじゃうかも」

今度は、こちらが笑みを浮かべた。先ほどまでの緊張は不思議に解《ほど》けていた。カップルが一組、店を出て行った。サンバ・アワは黙って、音楽に浸っているようにみえた。けれど僕が話し始めるのを待っていること、いったい何が望みなのかと尋ねたいところをただ慎みのゆえに堪えていることは明らかだった。僕は思いきって口を開いた。

「あの場にいたんです、僕。何週間か前の、サバールの時。椅子のバトルがあったでしょう」と切り出しつつ、なぜその話を持ち出したのか自分でもよくわかっていない。「素晴らしかったです。みんな完全に持っていかれてた」

「ありがとう、自分の仕事をしただけだよ」

「あの、気になっていて」ためらいがちに続ける僕。「気になってるんですよね、どうして誰もがあれほどまでにあなたに夢中なのか……」

「それはやっぱり、私が自分の仕事をしっかり果たしているからじゃないかな」

「ええ、それは確かにそうなんですけど……（いったん言葉を切ってどう言うべきかしばし考える）。確かにあなたのお仕事ぶりは見事です、でも僕が言いたいのは、つまり、どうしてそこまで愛されているのかっていう、だってみんな知っているわけですよね、あなたが……その……」

僕はどう着地していいかわからなくなった。怖くて思いとどまったというより、むしろ、不意に目の前の男性に対する敬意のような、好意のようなものが湧いてきたからだった。

「……同性愛者なのに、か」穏やかに、彼が引き取った。

僕は答えなかった。喉がぎゅっとなっていた。サンバ・アワはその沈黙を肯定と解したに違いなかった。

彼は俯いたままかなり長いこと顔をあげなかった。僕は気分を害したのではないかと不安に駆られたが、謝ろうとしたその時、すっと姿勢を正した彼は、僕の目を見てこう言った。

「私は同性愛者ではないよ。男性と性的な関係を持ったことは、生まれてこのかた、一度もない。女性と結婚していたこともあるし、今は離婚しているけど、子どもも二人いる」

僕は驚愕している自分を一切表に出さなかった。

「信じがたいだろうね。サンバ・アワ・ニャングといえば、セネガルで最も有名な同性愛者、と思いきやそうではなくて、子どももいるなんて……。しかしながら、事実はそれ以上でもそれ以下でもない。私は同性愛者ではないんだ。トランスヴェスタイトなんだよ……。こういう用語にも詳しいんだ。自分の中に起きていることに気づいてから、散々いろいろなものを読んで勉強したからね。セクシュアリティ研究で社会学の修士号も取ったし」

僕は目を見開いた。

「そう、研究をしていたんだよ。止《や》めたのはもうずいぶん前で、それからみんなの知るサンバ・アワ・ニャングになった。セクシュアリティに関する用語ならなんでも知ってるよ。でもそんな専門用語なんて何の役にも立たないんだ、この国では」

すっかりわけがわからなくなって、僕は黙りこくっていた。サンバ・アワは説明を続けた。ゆっくり、一つひとつの音節を区切りながらはっきりと。僕にはその明晰さが内面の落ち着きからきているのではなく、自分自身を強力に律しておかなければ抑えきれないほどの底知れない苦悶のゆえのように感じられた。こういう話をするのが彼にとってつらいことなのは明らかだった。

「ゴ、ゴ、ゴール・ジゲンという言葉は厄介だ。意味としては『男女《おとこおんな》』という意味だよね。でもじゃあ、男女《おとこおんな》っていったいなんだ？　なんでもないし、なんにでもなりえるんだよ。異性愛者以外の性的アイデンティティは全てゴール・ジゲンという言葉で括られてしまう。だから私もゴール・ジゲンと言われるし、同性愛者も、トランスセクシュアルも、バイセクシュアルも、半陰陽も、それどころかただ単にちょっとなよなよした男や中性的な佇まいの人もみんなまとめてそう呼ばれる。語の定義が曖昧でかつ濫用されているから、私もゴール・ジゲンの一人になるわけだ。この国では、いわゆる異性愛者でない人間は、皆ゴール・ジゲンだ。それ以外の、様々に異なるセクシュアリティは存在を許されない。男性にも女性にもたくさんいるのにね。私も大勢知っているよ」

「今の状況を不安に思われていますか？」

「私自身ではなく、周囲がなんらかの言葉や噂をもとに作り上げた私像のせいで、明日にでも殺されるかもしれない。だから、そうだね、不安といえば不安だね。でも死ぬのはだんだん怖くなくなってきた。知り合いの中にもゴール・ジゲンだろうと責め立てられて死んでいった人がたくさんいる。ただちょっと物腰が柔らかかったりしただけでね。セクシュアリティという意味では、私は同性愛者ではないんだよ」

「でも……」僕は口を開く。

「わかってる」すぐに制する彼。「君が知りたいのはそういうことじゃないんだろうから。世間一般では同性愛者とみなされているこの私が、どうして愛されているのか、だよね？」

そこで間《ま》を取り、深々と息を吸いこむ。

「私にもわからない、本当のところ、どう答えるべきなのか」言葉が、続く。「わからない。正直言って、サバールみたいな祭りに参加するたび、今日こそは死んでもおかしくないと思ってる。人々が一時でも私が祭りの盛り上げ役であることを忘れたり、私が一時でも観衆を惹きつけ損ねたりしようものならたちまち襲われ命を奪われるだろう。この命には何の保証もない。公の場へ出てゆくたび危険に晒している。いつのどの出番が最後になってもおかしくない。だからこそ仕事は成功させるべく努める。全身全霊を賭して。タアアスも、見た目も、ウィッグも、振り付けも磨き上げる。隅々まで計算し尽くした上で臨む。もしかしたらそのおかげで生きながらえているのかもね。それからもうひとつ。私のパフォーマンスはそれ自体ひとつの演技であって、ある意味で自分で自分を演出して見せている。自分ではない誰か、ひとつのキャラクターを演じているんだ。トランスヴェスタイトというもの自体そこから始まるとさえ言える。観衆は私が演技をしていると信じきっているし、それゆえ私がゴール・ジゲンだとか考えずに観ていられるんだ。私が大袈裟に演じてみせていると思っているかもね。そういうことも私を守ってくれているんじゃないかな。ゴール・ジゲンとしてではなく、あくまでもゴール・ジゲンというキャラクターとして人前に立ってきたから。それでもいつか、幻術が解けるかもしれない。そうして真実が露わになるかもしれない。世の中が総出で尋問を始めたら隠しおおせるものなどなにもない。その時が来れば、人々は私の首を要求し、きっと手に入れるだろう」

サンバ・アワは黙りこんだ。僕自身も言葉を発さないまま、繰り広げられた滔々たる語りを受けて砕け散り、千と一つの疑問に形を変えた己の思考を御することができずにいた。いまや店内に客は僕たちだけになっていた。コラの音はいつのまにか止んでいた。すこし離れたところで、給仕の女性がテーブルを片付けていた。探していた答えは手に入ったけれど、それ自体が新たにいくつもの問いを発していた。

「じゃあ噂はぜんぶ嘘なんですね?」

この情緒にまみれた問いかけが、唇を焦がしていた数多の問いの内で唯一、なんとか形にできたものだった。サンバ・アワ・ニャングは幾分憂いのやわらいだ笑みを浮かべた。

「ぜんぶね」彼は断じた。「例外はあの宗教指導者に関する件、あれだって誇張されてるけど」

「あの話は本当なんですか?」ゴシップを渇望する気持ちを隠しきれず尋ねる。

「会ったことなら、確かにあるよ。初めて会ったのはそれこそこの店だった。彼にはひとりでは抱えきれないことがあった。自分の中に異性装をしてみたいという欲動を覚えて、でもその欲動に負けたら最後、居場所を失うんじゃないかと怯えていてね。なにしろああいう世界で生きている人だから尚のことだ。自分から会いにやってきたから、私としても助言をしたよ。ただ気の毒なことに、その日は客が多くて、何人かに気づかれたんだね。そこからああいう噂が立ったわけだ。他の話はすべて事実無根であって、私は男性と関係を持ったことは一度もありません。それどころか笑えてくるね。選挙が近づくと、政治家たちが対立候補の評判を落とそうと、あいつはサンバ・アワと寝たらしいぞ、とこぞって騒ぎ立てる。おかげで私は政府与党の全政治家と寝てきたし、野党もだいたい押さえてる。あの噂の通りなら、僕には倫理観も政治的信念もありゃしないってことになるね、まったく……」

「あのでも」と僕。「さっき、結婚もなさっていたしお子さんもいらっしゃるって……」

「いますよ。母親の方と一緒に暮らしてます」

「お子さんに会われたりは？」

「もうしていない。私の有名税で恥をかかせるわけにいかないから。それに向こうはトランスヴェスタイトでしかない父親なんか願い下げかもしれない。あの子たちの母親が私のもとを去った決定的な理由もそれだったしね……。毎月お金は送っているよ。それが唯一、今も手放さずにいる子どもたちとのつながり。もう会うのは嫌だな。こっそり姿を見るのもね。そんなことしたら自分が壊れてしまう。会いたくて死にそうなのに」

声こそ震えていたが、サンバ・アワの顔は依然として克己的な、一部の隙もない気高さを湛えていた。

「若い君が、私の境遇に大袈裟に思い入れたりしないでほしい。もっと悲惨なケースはいくらもあるんだから。あの男性の動画は観たかな。同性愛の疑いで、掘り起こされてしまった人がいたでしょう？　自分で選ぶ機会さえ与えられない人もいる。ましてそれを正面から引き受けるのはもっと難しい。その点私は、自分の意思で異性装を続けると決めたから。妻にどちらを取るのか迫られた時にね。異性装か、家族か、って」

「でもいったい、どうしてまた異性装なんて思い立ったんですか？」

「どうして異性装をしてみたのかは説明できない。私の内にある、欲求であり、唯一生きていると実感できるひとときこれが私の自由の形なんだよ。私はその自由に殺されるかもしれない。いつか必ず殺されるだろう。それでも、これが私の自由の形なんだ。私の話はなにも特殊な例じゃない。たくさんの男性が、女性が、もっとずっと苦しい思いをしているんだよ。誰も知らないところで」

その時、給仕の女性がこちらへやってきた。閉店の時間だった。

＊

外は、寒いくらいだった。僕たちはすこしのあいだ肩を並べて歩いた。無言のまま。それからサンバ・アワ・ニャングは僕に手を差し出し、ありがとう、とだけ言った。そうして僕の名前すら訊かず、物憂げな顔のまま去っていった。もう二度と彼と言葉を交わすことはないかもしれない。ただ、次に彼が舵を取るサバールには、立ち会おう。名もなきいち観客として群衆にまぎれ、自らの命を危険に晒して他人のそれを照らし出すさまを眺めよう。サンバ・アワがどんな子ども時代を送ったのかすらも聞きたくない。異性装をすることに理由をつけたいなんてこれっぽっちも思わないし、彼の孤独や悲しみに考えを巡らせるのも御免だ。もうじゅうぶん苦しんでいるあの人を、この上僕が苦しめることはない。それに、僕自身にとっても、幻想の内に思い描いた、知るはずもない、けれど知っていると思いこんでいられる僕だけのサンバ・アワが必要だった。僕は素顔で幸せに生きるサンバ・アワを思い浮かべることを選んだ。

第十三章

数日後、アンジェラがあの掘り出された男の家族を訪ねる件で約束通り連絡をくれた。僕は土壇場でキャンセルしそうになった。でも考え直した。もうあまりに長いことあの動画に取り憑かれたままだ。これでようやく、あの男性の身元がわかって、少しは心に落ち着きが取り戻せるだろう。それに、アンジェラが散々手を尽くして作ってくれた折角の機会だ。行かないわけにはいかない。

現地へ向かう道すがら、アンジェラの車の中で延々と、サンバ・アワと会った時の話をし続けた。それから、僕は黙りこんだ。

「物思いに耽ってる……」

「うん、ちょっとね」

「で、なに考えてるの?《And what are you thinking about》」

「何ってほどのこともないけど……。授業とか……」

アンジェラはふふっと笑った。

「なに？」と僕。

「ぜったい嘘ついてるよね。授業のことなんか考えてないでしょ。ビビってんだ《You are fucking scared》。怖いんだね」

「怖いって？　何が？　誰のことが？」

「さあねえ、それは自分で考えてくださいよ。会いに行くこと自体に怖気づいてるんじゃないの。もしも恐れているものを直視することになったら、とか、期待しているものがみつからなかったら、とか」

「何が言いたいのかよくわからないんだけど」

「ま、私も自分で言っててよくわかってないかも……《Well, I don't know if I get it myself》。なんか意味ありげなことが言いたかっただけ、かな《I guess》」

そのまましばらく間を置いて、再び口を開く。

「ねえ《Tell me》、なんでこんなことするの？」

「え？」

「わざわざこんな《All dat shit》。面倒なことをさ。あの掘り返された男性がどうしてそんなに気にかかるの？　そうまでしてあの人の素性が知りたい理由は？　ラマの話だと、ちょっと前まではなんの興味もなかったんでしょ。ダルそうにしてたらしいじゃん《You didn't give a single fuck》。それが今や《And now》、家へ行こうっていうんだから。ねえ《Man》……その時から今までの間に何があったの？
何が起きたの《What happened》？」

　言われるまでもなくそれは根本的な問いであって、僕自身まだ正面から向き合えずにいた。それこそが問われるべきなのだ。僕の中でいったい何が起きて、墓から引きずり出された見ず知らずの同性愛者の境遇なんかに関心を抱いたのだろう？　自分でもよくわかっているとは言い難かった。同性愛者が受けている暴力を口実に掲げることすら僕にはできなかった。あの動画で初めて知ったわけではないのだから。そういう暴力を、僕自身も折に触れて行使していたのだ。言葉で、あるいはスタンスとして。少し前は、僕はまだ他の大半のセネガル人と同じだった。同性愛者を毛嫌いしていて、存在自体が恥ずかしいような感覚さえあった。嫌悪していたのだ、要するに。今もまだそうなのかもしれない。なぜかといえばつまるところ、この種の嫌悪感は自我の極めて奥深いところに根を張っているからで、ことによると母の胎内で臍の緒に絡みついたのかもしれない。でも確信していることがひとつあった。たとえ僕の同性愛者嫌悪が変わっていないとしても、過去の自分にはできた――そしてやっていた――こと、すなわち同性愛者が人間である事実を否定することは、現在の僕にはできなくなっていた。同性愛者は、人間なのだ。誰に憚《はばか》ることなく人間の一員を成しているのであって、根拠はごく単純だ。同性愛者は人類の暴力の歴史の一部なのだから。僕はかねてから、人間性というものはその人が暴力の円環に足を踏み入れた瞬間から揺るぎないものになると考えてきた。加虐者として。被害者として。狩る者としてあるいは狩られる者として。殺す者としてもしくはその餌食として。家族がいるからとか、感情があるからとか、悩み苦しむからとか、仕事があるからとか、ともかく、ささやかな喜びとわずかなやりきれなさとをたずさえて人並みの人生を送っているのだから同性愛者も同じ人間だ、というのではない。人間に固有の暴力がもたらす運命の前に他のあらゆる人間と等しく孤独で、脆《もろ》くて、取るに足らない存在であるという点において同じ人間なのだ。同性愛者は純粋に人間で、それは彼ら彼女らがいつ何時、人間らしい愚かしさによって命を奪われ、暴力に屈従させられるとも知れない存在だからであり、しかもその愚かしさを覆う数多の歪んだ仮面は様々な名で呼ばれる。文化、宗教、権力、富、栄光……。人間性に殺されうる彼らは、人間性に駆逐されうる彼女らは、人間らしさを分かち合っているのだ。誰もがあまりに忘れがちな、あるいは思い出したがらない事実。我々人間は暴力と結びつき、お互いが暴力によって結びつけられ、絶えず行使し、甘受しうる存在に他ならない。そしてまた、形而上学的な暴力との間に交わされたこの契約を一人ひとりが自らの内に宿しているからこそ、その契約によって、他のあらゆる契約と同様、我々は互いに密接で、互いに似通っていて、互いに人間なのだ。愛情に支えられた絆を僕は信じる。暴力に支えられた絆もまた僕は信じる。

動画のゴール・ジゲンが掘り出されたのは神聖な土地を汚したからだった。純粋さの名の下に墓から暴き出されたのだ。そこで言う純粋さとは守るべき墓地の純粋さに留まらず、彼を掘り起こしていた、あるいはそれに立ち会っていた者すべての魂の純粋さでもある。そうしてあの動画を観た者、同性愛を一顧だにせず生きてきた者たちすべてが、あの行為を介して浄化された。僕もまた初めてあの動画を目にした時は自分が浄化されたように感じたものだった。けれどあれから今日までの間に僕の中で何かが変わった。暴力によって他人の身体を穢し、冒涜することと引き替えに浄化されたような気持ちになっていたのだと思うと恥ずかしさに全身を苛《さいな》まれた。僕が贖いたかったものはその恥ずかしさに他ならなかった。のかもしれない……。

「黙っちゃったね」と、うかがいながらアンジェラ。「本当にわからないの?」

「うん。ただあの男の人の名前と顔が知りたい」

「もうすぐわかるよ。着いたから」

そう言われて僕は、自分がアジャ・ンベンヌと父が住む界隈のすぐ近くの街にいることに気がついた。アンジェラが車を停めると、すぐ前に家が一軒あった。壁が崩れかけ、扉もなくなってしまっている。内側には小さくて手入れの行き届いた庭が見えるものの、中央に大きな木が一本鎮座しているきりで、侘しさは否めなかった。まだ持ちこたえている建物は一棟しかなく、幾筋も深い亀裂が入り塗装もすっかり褪せた壁がやっとのことで支えている。アンジェラはそのあばら屋の戸をコツコツと叩いた。弱々しい声が奥の方から、遥かな井戸の底で助けを求めるかのように這い上がってきた。

*

僕には彼女を直視し続けることができなかった。目が合うたび、そこに宿る痛みを受け止めきれなくなってしまう。その痛みは両の眼に留まらず、顔の造作や表情、仕草の一つひとつに至るまで刻みこまれていた。彼女に、この、みすぼらしくて何もない寝室の、ベッドの上の彼女に会うまでは、人間の身体がこれほどまでの痛みを、黒衣のごとく、纏いうるなどとは夢想だにしなかった。ひと目見ただけでこの地上において並ぶもののない苦しみに苛まれていることがありありと伝わってくる。

そこにいるのは途方に暮れ、我を忘れたひとりの女性だった。時の流れを免れているがゆえに老いることすら見失い、とうに意味を成さなくなった世界に、永久に意味を成すことのない世界に取り残されて。僕たちが寝室に入った時、彼女はそんな風に、もはや苦しみですらないなにかの只中で身を硬くしていた。両の足は剥きだしだった。そうして僕たちにベッドのすぐ前の、壁際に敷かれた筵《むしろ》に座るよう勧めると、なんのもてなしもできない旨を詫びた。それから、再び沈黙へ沈んでゆき、僕たちは立ち入ろうにも立ち入れなかった。その沈黙の井戸の、干上がった底の底を知るのはただ彼女ひとりで、そこには孤独と、乾きと、死への欲動しかない。喪とは迷宮だ。そしてその迷宮の心臓部には潜んでいるのだ。怪物・ミノタウロスが。あの彷徨《さまよ》える魂が。微笑みかけてくるミノタウロス。呼びかけてくるミノタウロス。覚えず抱きしめたくなる。けれどもそれは叶わない。自らも死すことなしには。死者を抱きしめられるのは死者だけであり、霊に口づけできるのもまた霊だけなのだから。迷宮の中央にあって、ミノタウロスは影でしか、幽霊でしかなく、けれどあまりにうつくしく、確かで、好もしい佇まいゆえ、人はいまにもあちら側へ渡ってしまいそうになる。ついてくれば、死ぬに任せてさえしまえばその耐えがたい悲しみを終わらせてやるという文句に魅せられて。その時こそ闘わねばならないのだ。我々を苛むミノタウロスの角のみならず、自己と、そして自死の誘惑と。といって逆に全速力で地表へと浮き上がり、輝ける太陽に浴すべきはずもない。なにがなんでも立ち直らなくてはいけない、日常は続いてゆくのだから、の大合唱に急き立てられて顔を出す、幸せはすぐにでも訪れるかもしれない、という期待とも闘わねばならない。そういうことを宣《のたま》う奴らは地獄に落ちればいい！　望むべき小寧も、維持すべき日常も一切ありはしない。喪《うしな》った者たちの死を受け入れずにいることこそ、彼の人々のために打ち立ててやれる、なによりうつくしく、盤石な記念碑なのだから。悲しみの内に身を置き、そこでもまた、闘うのだけれど、愛され喪われた者を想う苦しみが永久に続く以上、苦しみを抑圧するのではなく、その苦しみを介して、彼の人々の不在によってしか生じえない境地へ、生前はまだ霊の時間の外にいたがゆえに閉ざされていた境地へと達するために闘うのだ。すなわち、己の記憶を亡き人々の思い出にすべて明け渡す。記憶の禁欲こそ抵抗のための唯一の方法であり、霊に寄り添い暮らし続けることによってのみ喪われた存在を再認識できるのだから。喪に服すとは不毛な悲しみに倦むことではない。断じて違う。喪に服すとは自らの悲しみを、識《し》るための手段に、故人の世界を自分の内に築き直すための道筋に変え、寺院として、あるいは宮殿としてこれを再建したうえで、忘れられた歩廊、秘密の小路、隠し部屋の数々を歩いて回り、彼の人が生きていた間は気づかなかった真実の数々を見出すことなのだ。たった一人を欠くゆえに、世界は人で満たされる。喪の寓話とはかくあるべきであり、生き残った者達の孤独の中枢とはかくあるはずだろう……。

　ベッドの上のその女性は、僕の目には明らかに、内なる井戸の底で闘っていた。僕にできることなどなにもなかった。

長い長い時間が過ぎて、彼女はかりそめに井戸から出てくると僕を見据えた。そのまなざしをやっとの思いで受け止める。彼女の顔に、僕は母の顔を、アジャ・ンベンヌの顔を、あらゆる母という母の顔をも認めた。けれどこの母親は息子を喪った母親であり、埋葬を拒まれた母親だった。不意に彼女の、弱くしかし途方もない声が、部屋の静謐を揺らした。

「あんた、名前は?」

「ンデネです。ンデネ・ゲイェ。シギレーンンディガル[13]」

「よく来たね、ンデネ・ゲイェ。シギル サワァ。あたしに会いたがってるってアンジェラが言ってたけど。どうして?」

この人には、さっきアンジェラに言ったように、自分でもさっぱりわからない、とは答えられなかった。

「息子さんがあんな目に遭わされて、恥ずべきことだと感じているからです」

母親は、すぐには応じなかった。僕の口から出た言葉のひとつひとつをじっくりと検分して、誠意のほどを確かめているかのようだった。

「息子の知り合い?」ようやく問いを口にする。

「いえ。でも、知り合いたいんです」

「あんた、あの子がまだこの世にいるみたいな言い方をするんだね」

「僕にとってはまだちょっと生きてるっていうか」

「目を覚ましなさいよ、ンデネ・ゲイェ。あの子は死んだの。ちょっと生きてる人間なんていやしない。あの子は確かに死んだ、あたしは知ってる。もしもあの子が生きてたら、あんたはここに来てやしない」

僕は返事をせずにいた。もうなにを言っていいかわからなかった。

「あの子が同性愛だったかどうかは知らないけど」彼女が続ける。「本音を言えば、そりゃあ違っていてほしいけどね。あたしはイスラーム教徒だし、神様を信じてるから。でも、それがなんだっていうの？　あの子はあたしの息子だった」

そう言うと彼女は再び井戸の底へと降りて行った。アンジェラは今にも泣き出しそうで、沈黙が訪れるたび、その荒い呼吸ばかりがきれぎれに響いて、泣き崩れるのを必死でこらえているようだったけれど、そんな彼女を嗚咽の方が打ち負かすのは、どうみても、時間の問題だった。


13…ウォロフ語でお悔やみを述べる際に用いる儀礼的な文句。言われた方は「シギル サワァ」と答えて礼を述べる。

「あたしの、たった一人の子どもだった」母親が再び口を開いた。「父親はあの子が三つの時に死んだ。だからあたしが独りで育てた。死に物狂いで育てた。あの子を立派にしてやるためならどんな辱めにだって耐えた。今年大学を卒業するはずだったんだよ。男と女のどっちが好きだったかなんて知りゃしないけど、我が子ながら誇らしかった。親孝行で。家庭教師をやっていくらか家に入れてくれて。どこへ出しても恥ずかしくない息子だった。それがある日とつぜん、降って湧いたように、あんな噂が……。息子は噂に殺されたんだ。急に病気になって、いきなりだよ。急性の、ほんとにおかしな病気で、あの子の友達だとかいうどこかの女があの噂をふれまわり始めてからほんの数日のことだった……。病院に連れて行ってやれるだけのお金もなくて……馴染みのマラブーには、治したければこの紙に書いた獣をぜんぶ生贄に捧げろって言われたけど、それがものすごい数でさ……病院よりも高くついちまう。そのうち近所の連中が……」

声がかすれはじめ、母親は目を閉じた。といって涙は一滴たりとも溢《こぼ》さなかった。とうに涸れ果てたのだろう。

「近所の連中が、あれはシモの病気なんじゃないかと噂し始めて……あの子はすっかり痩せちまってたね……みんなしてヒソヒソ言ってたよ。エイズだの、STDだのって……。あたしにはわけがわからなかった。同性愛者のかかる病気だとかって……。噂はどんどん膨らんでいった。症状が症状だったから余計に疑われた。ああいう病気にかかるってことはゴール・ジゲンに違いないって。あの時から、息子はもう死んでたんだよ」

嗚咽を押し殺すアンジェラ。母親はなおも話し続け、その声はどんどんくぐもって、苛立ちをましてゆく。

「あの子は殺されて、あたしは埋葬を断られた。噂が回っててね。どこかの遺体安置所へ入れておいてやるだけのお金はなかった。すぐに埋葬してやりたかったのに。イマームが断ったんだ。噂が耳に入ってたのさ。もうどうしようもなかった。頼れる人はいなかった。だからあたしがひとりで洗体してやった。洗ったんだよ死んだ自分の子を。明くる日には、遺体から臭いがし始めた。暑くてね。体は膨らんでいって。死の臭いだった。死んだ自分の息子の臭い。あたしはあの子と一緒に、あの子の死体と一緒に、同じ部屋で寝た。今いるここで。その筵に寝かせて。ちょうどあんた達が今座ってるとこだよ」

母親は骨と皮だけになった指で筵の方を示した。僕は震え、凍りついた。

「そう、そこにいたんだ……誰も埋葬してくれなくて。そうやってみんなであの子をもう一度殺した。そのまま二日経った。遺体はずっとそこにいて。すごい臭いで……蛆《うじ》だの……蠅だのがたかって……それもこれもこの部屋でのことだよ。そこ」

そう言ってこちらを指差すと、もう一度言った。「ちょうどそこだった」。その刹那、彼女の苦しみに、なにか、不穏な、静かな狂気の影が差した。苦しみと狂気に歪められて、ぞっとするような、人間味の抜け落ちた表情が浮かび上がる。母親は続けた。

「一日かけて、指輪も耳飾りも、お金になりそうな服も、家具もかたっぱしから二束三文で売り払った。それから男手を、墓掘りの男を二人つかまえて、このお金で息子を埋めるのを手伝ってほしいって持ちかけた。どうして人目を盗んで埋めなけりゃならないのか、理由も言わないわけにはいかなかった。すると引き受けると言った。金で買えないものはないね、嫌悪感だって買い取れるのさ。引き受けるっていうんだから。夜がとっぷりと暮れてから、二人は台車を引いてうちへやって来た。その台車にあたしがパーケールの屍衣《しい》に包んでおいたあの子の遺体を積んで、上から昏《くら》い色の大きなシーツをかけた。そうして三人で出発した。少しでも人のいない道を選んで遠回りしながら進んだ。この国には職にあぶれた若者がごまんといて、夜通しそこらをうろついてるから。あたしたちを見てどう思っただろうね。夜の夜中に、ロバがおんぼろの台車を引いてやって来て、荷台には男二人と女が一人、それにどう見たってそれとわかる形をした塊。悪霊の夜行みたいだった。地獄の中から出て来たところか、さもなきゃ向かう途中か。墓地に着くと、二人は他の墓から少し離れたあたりに目星をつけた。手早く穴を掘って、遺体を入れて。それからお別れの時間を数分だけくれた。あんまり気が動転してたもんだからお祈りの文句が一言も出てこなくてね。息子の体をみつめていると、涙が止まらなかった。穴に飛びこんでこのまま息子の遺体と一緒に埋めてくれって頼みたかった。二人はさっさと済ませろと言った。こんな有様の人間の埋葬を引き受けてもらえただけでも御の字だったしね。あたしは息子の遺体に背を向けて、二人は穴を元通りに埋めて、闇夜を盗人よろしく立ち去った。それからここへ帰ってきて、泣き続けて夜が明けて、泣き疲れて眠っちまった。目が覚めたのは……」

アンジェラは嗚咽が抑えきれなくなり、部屋から出て行った。僕はじっと動かずにいた。

「目が覚めたのは、叫び声が聞こえてきたからだった。大勢の人が近づいてくる気配がして。怒り狂った声がいくつも……罵る声がね。すぐにわかったよ。あたしは起き上がって、落ち着いて家の外へ出た。怖くなんかなかった。そしたらやっぱりいたよ……。憎くてたまらないって顔したやつらが……。そいつらとあたしの間に、あった。あの子の体が。掘り起こされて、湿ってて、蛆と傷にまみれて、黒や緑の大きな蝿が前にも増してたかってて……。その臭いときたら……。あたしは黙って、殺されるのを待った。覚悟はできてた。けど連中はあたしを殺さなかった。誰かが言った。『夜中にあんたを見た人がいる。そのゴール・ジゲンの息子はどこか他所へ埋めに行け。我々と同じ墓地はだめだ。

イスラーム教徒と一緒には眠らせない』。ひどい言葉が飛び交ってたよ。犬畜生の母親だの……売女だの……呪われた獣女だの……。そうして去って行った。あいつらは、一度ならず二度までも、あたしを見捨てた。崩れていくあの子の遺体と一緒に」

それから母親は黙りこみ、あまりに長いことそうしているのでもう喋らないように思えた。けれど不意にまた口を開くと、

「もうどうしようもなかった。スコップをつかんで、昼日中にあの子を埋めた。ここに。庭の真ん中のあの木の根元にね。塀越しに爪先立ちして見てたやつらがいて、だからあの子がここに埋まってるのも知ってる。その時から、この家は呪われた家になった。誰も近づこうとしない。それから何日かしてアンジェラが訪ねてきてね。あたしみたいな人間を助ける仕事をしてる人達がいるから紹介するって。あの子の遺体を引き取って、きちんと埋葬したいって言ってくれたけど、もう遅かった。あの子はきちんと埋葬してもらえたんだよ。母親が埋めたんだから。あたしが、この手で埋めたんだから」

彼女は言葉をきった。僕は、今度こそすべて語り終えたのだと悟った。粗末な部屋の沈黙のなかで僕たちは、そのままずっと、そうしていた。狂気の不穏な影は、母親の表情から消えていた。いまやそこにあるのはただ悲しみ、途方もなく止めどもない悲しみと、それに果てしなくて揺るぎないなにかの痕跡だけで、けれど僕は、あまりに安直で、簡単

で、手垢がついていて、貧相で、彼女への侮辱にすら等しいような気がして、そのなにかを勇気とは呼びたくなかった。

＊

帰り道のアンジェラと僕は一言も言葉を交わさなかった。あの母親の語りを受けてそのうえ言えることなどなにもなかった。帰り際、僕はあの木の根元まで行ってみた。地面を長方形に区切るようにして置かれた石の連なりだけが墓の存在を示している。名も記されていない。彼女は字が書けないのだとアンジェラが言っていた。名前は母親に直接尋ねてあった。アマドゥ。写真はないのだろうか？　すると母親は枕の下に手を差しこむとスナップ写真を一枚取り出した。比較的最近のもののようだった。

アマドゥは僕がぼんやり思い描いていた男性像とはかけ離れていた。醜いわけでもなく、それどころか、うつくしい、とてもうつくしい人だと思った。繊細な造作には女性に近い雰囲気すらあり、大きくていたずらっぽい目とふっくらした唇にほんのり微笑みを浮かべながらカメラを見やる、その立派な額には皺ひとつない。彼は、いや彼も、母親とは理由こそ違えど、時の流れを免れているような印象を放っていた……。

ラマの家で降ろしてくれるようアンジェラに頼んだ。あれだけのことがあった後にひとりで過ごしたくなかった。ひとりでアマドゥと向き合うなんて。彼の顔と、母親の語ったことと、たったひとりで。アンジェラは一緒に来たがったりしなかった。僕をラマとふたりにさせてやる必要があるとわかってくれていたのだろう。

「なんでこんなことしてるのか、わかったのかどうかは知らないけど」別れ際、彼女は呟いた。「でもあのお母さんがいるってだけで、じゅうぶんかもね」。

何も言わず、僕はラマの下へ向かった。ラマはやって来た僕を見るなり抱きしめた。この顔に苦悩のすべてを見てとったかのように。ラマの腕の中で僕は延々と泣き続けた。こんなにも聴いてもらえている、わかってもらえていると感じさせてくれる人を、僕は他に誰一人知らなかった。

第十四章

数日後、再びアマドゥの母親のところへ、今度は一人で行った。なにがしたいのかは自分でもよくわかっていなかった。ただ、あいまいながらも、為《な》すべきなにか、不可思議な使命のようなものがまだ残っていて、それを果たさなければ、老いた母親の語りを聞く以前から既に覚えていたあの恥ずかしいという感覚は和らぐはずもなく、消えることはもとより望むべくもなく、加えてあの日以来、その感覚は晴れるどころか、むしろいっそう疼《うず》くようになったと感じてもいた。

穢《けが》れの謗《そし》りを受けた彼の家の中は、なにひとつ変わっていなかった。中庭は以前と同様に閑散としていて、中央にそびえる大木の枝葉だけが時折身を揺すっては、その場所が化石になったわけでも、命と時間の営みから忘れ去られたわけでもないことを主張しているかのようだった。大木の影に包まれた、アマドゥの墓。いくつもの大きな石の連なり。そうやって区切られた神聖な空間を野良猫たちも自ずと尊重し、慎重に避けて通っているようにみえる。僕は近づき、しばらくの間そのまま傍らでじっとして過ごした。母親の姿はどこにも見当たらなかった。寝室へ行きノックしてみる。か細い声に中へと招き入れられた。

彼女は入り口に背を向ける形で横になっていた。その姿を見て、初めて訪ねたあの時からずっとこのままだったのだろうと確信した。とはいえもちろんすこしは起き上がったり、なにか食べたりしないわけにはいかなかったはずだ。しかしその姿勢や、声や、寝室に漂う空気には、微動だにしていないと思わせるなにかがあった。そうだ、間違いない。身体は生命活動の維持に必要なぶんだけ動いたのだろうが、魂、魂は、彼女の魂の方は、ずっとそこに、じっとしたまま、真実の生の要請に応えていたのだ。寝室を離れず。深い井戸の奥底に在り続けて。いまなお迷宮の内に、ミノタウロスと共に囚われていた。

「僕です、ンデネ・ゲイェです。何日か前にも来たんですけど、その時は僕の他に……」

「きっとまた来るだろうと思っていたよ。座りなさい。これといって出してあげられるものもないけど。すまないね」

向こうをむいたまま、身じろぎひとつせずに言う。その声は身体からではなく、空気から、部屋の目に見えない成分から発せられているみたいに聞こえた。僕は筵《むしろ》に腰を下ろし、共に歩み始めた。といって仰々しいことはなにもしない。特別な言葉も、仕草も、まなざしも、交わさない。音も立てない。極限まで削ぎ落とされた二人の息遣いがあるだけ。喪に服す母親を前に心を動かされて口にしがちな哀惜の念――決してなにも満たすことはない――でも、相手の痛みがわかるという傲慢な気持ち――あくまでも錯覚でしかない――でもなく、それとは異なる現在を、同情や共感よりも価値のある、それでいて慎ましいなにかを、僕の存在を、僕がそこにいるというただそれだけのことを、けれどそっくりそのまま、僕は差し出そうとしていた。彼女のためだけではなく、彼女と共に、そこに居たかった。遠からず離れなければならないのは、わかっていた。最後はどうしたって迷宮に一人の身となるのだ。でも、そこまでは、道連れが要る。僕がなんとか体現しようとしているものはそれだった。真に寄り添うこととは死者に、あるいは墓の彼方まで死者を送って行く者たちに対して負う務めに他ならない。生者の心象において、手を放してしまうのは常に死者の側だ。それもある部分では正しいだろうけれど、一方で逆もまた成り立つのであり、見ようによっては、生者も同じように死者の手を放しているのだということにはほとんど思い至らない。死者もまた孤独なのだ。行けるところまで、寄り添い、列を成して歩いてやる必要がある。僕はアマドゥの葬列に身を置きたかった。母親をたったひとりで歩かせたくなかった。寄り添おうとする自分の気持ちと存在を目の前の女性に差し出したかった。僕は彼女の後ろについて出来るかぎり遠くまで行こうとした。ここから先へは立ち入ってはならないという境界まで行ってから、母親が、今度こそひとりで、息子といられるようにしようと。

夜がじっとひそやかに歩き続ける僕たちを不意にとらえた。部屋はすっかり暗くなっていてもはや微動だにしない母親のシルエットしか見えず、その脇腹を上下させるごく微かな呼吸だけが生きていることを示していた。僕は立ち上がり、無言の対話を打ちきった。

「帰ります」

「来てくれてありがとうね」

「また来てもいいですか」

「いつでもおいで」

僕は建物の外へ出た。黄昏が涼しい夜半の訪れを予言していた。小鳥たちはまだ大木の葉叢《はむら》の中をバタバタと飛び回っている。あの大きな石の墓標は木の影にとけて、僕にはもう見えなかった。

翌日また来てみた。すると今度は顔を入り口の方へ向けていて、まるで僕を待っていたみたいだった。挨拶を交わし、いつもの、あの筵の上に腰をおろす。彼女は起き上がると――立っているところを見るのはそれが初めてだった――部屋の外へ出て行った。ついて行こうか迷ったあげく、寝室に残ることにする。程なくして再び現れた彼女は、お椀を持っていて、擬乳《カード》をたっぷりまぶしたキビ粥、ラッハが湯気を立てていた。

「今日は出してあげられるものがあるから」

僕は礼を言うとガツガツかきこんだ。食べ終えると、食器を台所へ下げてから大きな器に水を汲んで勧めてくれた。僕は改めて礼を言い、とてもおいしかったと伝えた。

「あの子の好物だったの」

それからまた、壁と向かい合うようにして横になった。再び歩み始める頃合いなのだ。この人にとって、この時間はどれくらい続くのだろう？ 馬鹿げた問いだ。彼女が息子の傍らを歩くのをやめたりするはずがないのはわかりきっているじゃないか。だが歩みをゆるめ、遠くから後を追いながら、息子がたくましく、自らの翼で死の只中を飛んで行くのを見守れるようになるのはいつだろう？ 今のこの迷宮がありうべき唯一の帰結ではないのだと受け入れる準備ができるのはいつになるのだろうか？ 僕には知る由もない。喪の期間は規範と無縁であり、けれど僕には、なぜと訊かれれば答えられないけれど、我が子にこの世を去られた母親は少なくともこの世に送り出すまでその身に宿していたのと同じだけ長く寄り添い続けるに違いないという確信があった。夜がやってくる。帰ろうとしていると彼女がこちらを向いた。

「あんたを息子の代わりに仕立てあげようとしているなんて思わないでちょうだいよ、ンデネ。それじゃあんまり安っぽいじゃないか。それに却ってそのうちつらくなるしね。

でも来てくれてありがたかった。あんただけだよ、あの子を気にかけてくれる人間は。アンジェラは、それが仕事だからね……。でもあんたは……。あんたには感謝してる。それからもうひとつ言っておきたかったんだけど、もう当分は会うこともないと思う。明日トゥーバへ発つから。そう、あの聖地へね。決めたんだよ、信仰と労働にこの身のすべてを捧げようって。だって今のあたしにはもうなんにもないから。あっちで暮らしてる従兄弟がいてね。畑をやってるからそこで働かせてもらう。ここで、息子のそばにいるかぎり、また精一杯生きてみようなんて気にはなれそうにないから。あんたにお願いがあってね。時々は、またここに来てお墓にお祈りしてやって。それからもうひとつだけ。ンデネ、あのね、あんたがどうしてここに来たのか、何度も来るのか、あたしにはやっぱりよくわからない。どうしてそんなに執着してるのか。あたしの息子に。それかあたしに。あんたなにかを探してるんだね。それがここにあるのかあたしにはわからない。ここには、なんにもありゃしない。でもあんたの探してるものがみつかることを願ってる。心から、願っているよ」

第十五章

もう授業はしていない。したくても、できないのだ。出席者がほとんどいないのだから。最初のうちは、ただ単にやる気がでなくてサボっているのだろうと思っていた。でもそうじゃなかった。しばらく経ってようやく僕は自分の授業がボイコットされているのだと理解した。理由は容易に想像がついた。ヴェルレーヌについての僕の発言だろう。

程なくして学部長が動いた。三回目のボイコットを受けて、僕を自分の部屋へ呼びつけると当局が僕の停職処分を決めたこと、期間は差し当たり未定であること、公序良俗と服務規定に抵触しているとの告発が複数寄せられた故の判断であることを告げた。彼の方から処分を取り消すよう働きかけてくれる用意もあるが、そのためには同性愛者だったことを理由にヴェルレーヌを教えさせないのは愚かしい、という発言について謝罪するのが絶対条件だという。僕は、その謝罪というのはいったい誰に向けて行うべきものなんですか、と尋ねた。すると学部長大先生はこちらの皮肉に気づかずこう答えた。学生たちに対して、それから当局――すなわち代理である自分に対しても。その場で笑い転げたい衝動に襲われる。その衝動を僕はかろうじて押し留めた。

結局、然るべく謝罪文を書くので数日もらいたいと学部長に願い出た。喜びを露わにする学部長。前々から君は賢明な人間でしかも素晴らしい教員だと確信していた。ヴェルレーヌの件はこの仕事に付きものの若気の至りだろう。当局には必ず自分がしっかり口添えしてやる——大臣は知り合いだから——とまで請け合ってくれた。そういうお偉方の旦那衆が僕の命運を握っていて、すべてはこちらの態度と改悛の度合い次第というわけだ。僕は学部長室を出た。もちろん謝罪なんて相手が誰であれこれっぽっちもするつもりはなかった。

さてどうしたものだろう。僕はコリー先生に電話をかけ現状を報告した。先生は最悪の事態を心配して、家まで会いに来るように言った。僕に話があるという。

＊

「妻も子どもたちも留守なんですよ」そう告げる先生と一緒に家の中へ入る。「親戚に会いに出かけていてね」

そのまま広々とした居間に通された。先生は飲みものを勧めてくれた。

「どうするつもりなんですか？　その謝罪文とやらを書くのかな？」

「書きません」

「そういうわけにもいかないかもしれませんよ、ンデネ君。書かないというわけにもね……。気持ちはよくわかるけれど、君の件はみるみる大事になった。停職なんてものはなんでもないけれど……例の噂の方がね……」

心配そうな視線をこちらへ寄越す。

「噂っていうのは？」

「そりゃあ、君の耳には入っていないでしょうね。自分の噂を知るのは自分が最後と相場が決まってるんです。しかし言われてるんですよいろいろと……。私のところにも聞こえてきました。大学の廊下とは実におしゃべりな場所です。文学部では、いやことによると大学中で、君はゲイに味方する闘士で同性愛的な詩を好み、それを授業で、当局の通達に逆らって強要しようと試みた人物だということになっている。これが何を意味するかわかりますか？　わかりますよね。そうです、君自身ゲイだということです。つまり、危険なんです！　はっきり言いますよ。いつ襲われたり、それどころか殺されたりしてもおかしくない」

コリー先生は額を揉むようにしながら、独り言のように囁いた。

「同性愛というものをめぐって、今、この国で起きていることはとてつもなく恐ろしい。暴力が横行して、みんなピリピリして。こんな風じゃなかったんだ、昔は……」

「どういうことですか？」

「すっかり変わってしまったんですよ。私は同性愛者が今みたいじゃなかった時代を知っていますから。そう、今みたいじゃなかった。同性愛者は昔からセネガルに存在していたのであって、これを真っ向から否定する連中はよっぽど若いか、自己欺瞞《ぎまん》に陥っているのか、いずれにせよ自分たちの文化をまともに知ろうともしていないんです。同性愛者自体は昔から身近にいて、でももっと違った在り方をしていました。服装にだって態度にだってゴール・ジゲンだと感じさせるようなところは一切なかった。それでも、みんなわかっていたしその上で受け入れていました。あの当時の同性愛者というのは誰の迷惑にもなっていなかったんですよ。みんな弁《わきま》えていて、礼儀正しく、立派でしたから。社会の中で特異な役割を担っていて、それをまっとうする以上のことは望まず、自分たちは特別だなんて無駄に主張したりしなかった。誰しもがわかっていた。同性愛者はたいてい独りで、庇護してくれる女性からの援助や、祭祀の折にもらえる祝儀の類を頼りに生活するのが普通でした。その慎ましさと、社会的な営みにおいて彼らが担っていた役割の重大さがあったからこそ、同性愛はイスラームの教えにおいては禁じられているとはいえ、同性愛者が殺されるようなことはなかったし、一律に投獄されたりもしなかった。もちろん法律はありましたよ。同性愛者を取り締まる法律は、今と同じくありましたが、適用にはもっと複雑な手続きが必要だったんです。かつて黄金時代があって、同性愛者どもはもっと厳しく洗い出され社会から放逐されていた、なんて嘯《うそぶ》く連中は自分が何を言っているのかわかっていないんですよ。その古き良き過去とやらを、私は身をもって経験してるんです。まるで反対ですよ、連中が自分にも他人にも信じこませようとしていることとはね」

「それで、今は？」

「今は……」

我に返って物憂げな表情を浮かべると、先生は沈黙を保ったまま、僕には計り知れない鬱屈の深みに沈みこんだ。

「今はねえ」なんとか再び口を開き、「もう無理でしょう。少数のゴール・ジゲンが同性愛者全体に対する認識を変えてしまった。もちろん、悪い方にね。下品で、破廉恥で、挑発的な行動をとるようになって。結婚までするんです！　結婚ですよ！　正気の沙汰じゃない……。ごくごく少数の人間たちが恥も外聞もなく、無責任に騒ぎ立てるせいで他の人々、いわば同性愛者社会のサイレントマジョリティが大変な損害を被ってるんです。同性愛自体が下品なものになってしまった。すくなくとも、そういう部分だけに注目が集まるようになった。往々にして、一握りの人間が自分たちを基準に誤ったイメージを広めるものなんです。多数を犠牲にして。そうなったら他の、異性愛者である大多数のセネガル人は、自分たちが攻撃されたと感じますよ。精神の面でも。信仰の面でも。視覚の面でもね」

時計の振り子が十七時を告げた。コリー先生がビサップ[14]を注いでくれた。

「そういう少数派の連中こそが同性愛を冒涜し、貶《おとし》めているんですよ」言葉に力が入る。「カリカチュアを作り出して。他人に迷惑をかけまくって。今では、同性愛者の人々は身を隠して生きるほかない。物理的にもそうだし、特に社会生活においてです。祭りや儀礼の場でもゴール・ジゲンはほとんど見かけなくなりました。この国の社会で求められる務めを果たすべく今なおがんばっている者はほんのわずかです」

僕はサンバ・アワを思わずにはいられなかった。

「つい最近までは」コリー先生は、いつになく饒舌になって続けた。「同性愛者はめいめい孤独に生きていた。そういうものとして社会からも容認されていた。それが今や、殺されないように、リンチに遭わないように、ありふれた市民の皮をかぶるようになった。異性と結婚し、子をなし、誰からも疑いを持たれないような職種を選んで働く。そういう現象がずいぶん前から見られるようになった。この国には一般に思われているよりもずっとたくさんの同性愛者がいる。ただ、怖がってるんですよ。ごく一部の、下品で悪目立ちする連中と同列に扱われたり、殺されたりしたらどうしよう、と。社会の役に立つ弁えた同性愛者たちが自己演出しか頭にないホモ野郎ども――敢えてこういう言い方をしますが――に変わってしまいましたから。つまりホモがゴール・ジゲンに取って代わった。どう表現するかは重要です、この国では。言い方次第では文化の一環として、この社会の一隅を占める特殊な現実として収まる。それが別の表現になると、挑発行為として受け取られてしまう。勘違いしないでくださいね。私は同性愛が良いことだと言っているわけじゃない。そもそも、良くも悪くもないのであって、単に事実として、そういう現象が存在するというだけのことです……。ただ昔はその在りかたが今とは違っていたし、この国において許容されていた。品性下劣な類の同性愛者は迫害されてもセネガルにホモフォビアの波が押し寄せてるだなんて非難できた義理じゃないんですよ。自業自得に近いんだから」

「コリー先生、本気でそんなことおっしゃってるんですか？　あの墓暴きに遭った男性の動画、先生もご覧になりましたよね？　アマドゥという人です。本当に同性愛者だったのかすら定かじゃないんですよ。あんなむごたらしい……。仮にですよ、近頃のゴール・

14…清涼飲料。滋養強壮によいとされる。原料はハイビスカスの花を乾燥させたもの。

ジゲンが先生のおっしゃる通り、品性下劣な輩だとしましょう。しかし下品は人を殺さないでしょう」

「そう、殺すよりひどいです。下品な者たちがいるせいでなんの非もない人々が殺されるのだから」

その最後の文句に僕は衝撃を受けた。苦々しさが声に滲んでいた。先生が言うところの同性愛を貶めた者たちのことを心底憎んでいるようだった。明らかに昂《たかぶ》っている。

「ちょっと一服させてもらってもかまいませんか？　子どもが生まれてからは妻が許してくれなくてね、家の中だと。まあでも……今日だけね……失礼」

苛立たしげな手つきで、パイプに煙草をぎゅっと詰めこみ火を点ける。ふうっと一回ふかすと、興奮は解けていった。先生は笑顔と冷静さを取り戻し、いつもの上品なコリー先生に戻った。そうして僕を見ると、好意に満ちた笑顔を浮かべた。さらに何度かふかすとすっかり気持ちが落ち着いたと見えて何事もなかったかのように話の続きを、ただしさっきより穏やかな声で始めた。

「彼らがここまで慎みを忘れてしまったのは、白人世界に影響されたせいなんですよ。向こうでは、同性愛者が公衆の面前でべたべたしあったりキスしたりしますから。法律婚だってできる。様々なデモやイベント、映画なんかを通して同性愛者の実在と実態は認知され、描き出されていますよね。そのせいで、この国でも、自分たちも同じことをしていいはずだ、同様の権利を要求したり、公の場であういう風に振る舞ったりしていいんだと思っている。自殺行為ですよ。白人が同性愛に付したイメージに幻想を煽られたこの国の同性愛者たちが、そのイメージをなぞろうとする。ところがここでは同じになりようがない。すくなくとも、今はまだね。西欧諸国では、同性愛者は救済の対象になる。翻ってこっちでは処罰の対象だ。非犯罪化するようこちら側の各国政府に圧力をかけてきているが、それが逆の効果を、つまりホモフォビアの高まりを招いていることがわかっていないんです。彼らには理解できないんですよ……」

「西欧世界が権利の平等を推し進めているのが悪いっておっしゃるんですか?」

「いや、もちろんそんなことはありません。ただこちらの世界にも同じように進めさせようとするのがよくないと言ってるんです。わかってますよ、こんなことを言うと共和国だの民主主義だの平等だのという話になるんでしょう……わかってるんですそれは……。しかし私にはね、平等なんて民主主義が描いてみせる絵空事じゃなかろうかという危惧があるんですよ。だいたい当の西欧にしてからがそうでしょう。出自や、社会階層や、資産や、宗教に基づいた最低最悪な不平等が温存されているじゃないですか。平等への歩みは世界中どこでも同じスピードでというわけにはいかないんです。それはそれとして、教えてください（そう言うとコリー先生は、それまでのやりとりが前置きでしかなかったかのように僕を見据えた）。同性愛に関して、君自身はどちら側なんですか？」

僕は答えに窮した。質問の意味自体を測りかねたと言ってもいい。それから、先生がみるからに答えを待ち受けている様子だったので、こう返した。

「そう言われても。どちらもこちらもないでしょう」

コリー先生はしばらく僕を凝視したまま、曰く言い難い表情を浮かべていた。それから、含みのある声で、こう口にした。

「いずれそんなことは言っていられなくなりますよ、ンデネ君。はっきりさせなくてはならなくなる。どちらを選ぶのか。遅かれ早かれね。まったくの中立なんてありえないんですから。自分で選んで、まっとうするのみです」

玄関のベルが響き渡った。

「友人です。今日うちで会うことになっていたので」とコリー先生。

そのまま出迎えに行きすこし経って戻ってくると、後ろからひとりの男性がおずおずと僕に手を差し出した。その手は柔らかく、心地よさに包まれるような感覚があった。大柄な体軀に見事なプリーツの入った薄紫色のカフタンが中々の風采を添えている。加えて芳しい。入って来た瞬間から彼の香水が放つ森の息吹が部屋中を鬱蒼《うっそう》と満たしていた。コリー先生は僕を彼に紹介して、自分たち二人は古くからの友人なのだと付け加えた。それから僕たちに腰掛けるよう促して自分は台所の方へ消えた。残された我々は、僕は先ほどまで座っていたソファに、新たな御客人の方はその脇の肘掛け椅子に、それぞれ腰を下ろした。なんだろうこの人、どこかひっかかる。彼は幾分ぼそぼそとした声で話し始めた。アラジ・マジムゥ・ゲイェはあなたのお父さんですか、と言う。驚きながらも、そうですが、と応じる僕。すると今度は親子でよく似ていますね、と言う。僕はどこで父と知り合ったのかと尋ねた。

「モスクです」と彼は答えた。

その答えで目の前の男性のどこがひっかかっていたのかはっきりした。僕は彼を見たことがあったのだ。面差しこそ筆舌に尽くし難いほど違って見えたが、もはや一分たりとも疑いの余地はなかった。ジョタリカットだ。「アル カユーン」の最後の説教をつないでいた張本人だ。でもあのどんよりとした目つき、みすぼらしくまだらに禿げた頭はいったいどこに行ったんだろう？　信じがたいほどに影も形も無い。確かに、時おり瞳の奥に少々愚鈍な気配が覗きはしたが、それはどぎまぎしているゆえの、いじらしい鈍さだった。そして頭はといえば、隅々まで剃髪され輝きを放っている。

目の前の男には、数週間前に瀕死のアラジ・アブゥ・ムスタファ・イブナ・カリルラーァの傍らで猛り狂っていたジョタリカットに見た図太さも、エネルギーも、揺るぎなさも、一切うかがえなかった。コリー先生が戻ってきて、ジョタリカットに生姜湯の入ったグラスを、本人の希望を確かめもせずに差し出すと、僕のそばに座った。

友人二人に挟まれた格好の僕。奇妙な沈黙が根を下ろし、ぽつりぽつりと誰かが口を開いてはこの上なくあたりさわりない話に終始する。コリー先生とジョタリカットが直に言葉を交わすことはほとんどなかった。互いにやりとりするに際しても、必ず僕を話の輪の中に入れ、発言できるように気を配っていた。僕が口をつぐむことで、自分たち二人だけで、会話を引き受けざるをえなくなるのをひどく恐れている気配だった。

そんな珍妙ないたたまれなさの中にひととき身を置いたのち、僕はお暇《いとま》する旨を告げた。コリー先生は客を招いた者としての礼儀に則り引き止める素振りを見せた。ちょっと買い物があるので、と理由をつけ加える。先生は門のところまでは送っていくと譲らなかった。僕は家に招いてくれたおかげでじっくり話ができてよかったと心から感謝を述べた。別れ際、先生は僕の手を強く握り締めて言った。

「ンデネ君、くれぐれも気をつけるんですよ」

それから一瞬もっとなにか言いそうに思えたけれど、それ以上なにも口にしなかった。先生はただ黙って微笑むと、そそくさと家の中へ戻って行った。友人が彼を待っていた。

第十六章

次第に、それが生じ、さわさわと音を立て始め、執拗なまなざしや、前方からやってきては背後から追ってくるひそひそ声、遠くから僕を指し示す顎の動きの内に膨れ上がってゆく気配を感じた。噂だ。噂が氾濫を起こしつつあるのだ。大学でも自宅の近所でも、話し声はとぎれなかった。何を言われているのか詳しく知ろうとは思わなかった。遅かれ早かれ、熟しきった噂の実がもぎにゆくまでもなく僕の頭上へ落ちてくるだろう。

つまるところ噂とはなにか？　集団で秘密を共有しているという幻想のことだ。誰もが使っている公衆便所なのにもかかわらず、みなそれぞれにどこにあるのか知っているのは自分だけだと思いこんでいる。噂の中枢には秘密など欠片《かけら》も含まれていない。そこにはただ、自分はなんらかの秘密を握っているとか、特権的な立場の人間にしか知りえない驚くべき真相を掴んでいるのだとか思っていなければ満たされない人々がいるだけなのだ。

僕は秘密の分かち合いなんて信じない。ひとたび口にされ、フレーズや、告解、語りといったものに流しこまれてしまえば、どんな秘密も秘密ではなくなる。あらゆる言語化という言語化によってこじ開けられてしまう。秘密に言葉をあてがうことは既にしてその根源的で仄暗《ほのぐら》い核心部を解き明かしてしまう営みであり、秘密の存在を可能たらしめる唯一の条件である沈黙を汚す行為に他ならない。秘密とは独り言であっても、はっきりとした形で口にした時点で、もはや喪われている。秘密は我々自身に、混濁した自己の内にしか存在しえず、そのろくに光の入らない禁域にあって真実とは常に闇に囲まれているのみならず、あまつさえその闇の一部を避け難く成しているのだ。真の秘密とは、自らの意識においてさえ明確になることはない。となればひとつの秘密をふたつの意識が分かち合うなど僕の目にはいかにも過剰に映る。口にしたが最後、歪曲が、それも二重に起きる。まず真実をめぐる神秘的回路という自らの内なる沈黙においてのみ意味を成していたものに言葉を割り当てたという意味で。次いで告白に際し選び取った語の数々が、それを受け取る者の記憶に、発せられた時点と同じ形では在り続けないという意味で。秘密を指し示す語は、それ自体が最初の歪曲であり、さらには告白を託す相手の心の裡《うち》において避け難く、他言せずとも歪曲される。

自己を超えたところにもはや秘密はない。そこにあるのは澱《おり》のような、原料の沈殿物でしかなく、それが言葉によってじわりじわりと変質させられ腐食された末に漠たる形跡だけが残される。そうして人は噂に取りこまれるわけだ。殺され、はらわたを抜かれた秘密の残骸に取りこまれてはいるが、それがかつて命を湛《たた》えていたことは知っている。どんな姿をしていたか？　それは思い出せないけれど。さしずめこれが噂と呼ばれるものの正体。暴き出しているという錯覚の只中で秘密が砂に埋もれているさま。

そんなわけで僕に関する噂が流れていた。誰かが、僕が犯したとされる過ちの名を僕に告げる役を引き受けなければならない。その誰かは父をおいて他にありえなかった。父は僕を家に呼びつけた。アジャ・ンベンヌはその傍らで、うなだれ、深刻そうに数珠をつまぐっている。僕は親族裁判の法廷に立っていた。

「どうして呼ばれたのかはわかっているな」冷えきった声で父は話し始めた。「ここ数日、非常に不愉快な話が私たちの耳に届いている。真偽のほどはともかく、これほど執拗に言われているようだと心配にもなるわけだ。おまえに何があったのかは知らない。一度しか言わないぞ。私の名誉に泥を塗ることは許さない。無論アジャ・ンベンヌの名誉も……」

「それに亡くなったお母さんのことだって」アジャ・ンベンヌが僕の目を見ないまま、嗚咽にも似た苦しげな声で割って入る。

「おまえの態度や素行の乱れが――すくなくともそういう印象を与える行動が――家族全体の評判を貶《おとし》めているんだ。私はおまえを醜聞まみれになるような人間に育てたつもりはないぞ。おまえは自分がどんな風に言われているか知ってるのか？」

いいや、なにも知らない。すると父は僕に告げた。あの穢《けが》れの家にいるところをたびたび見かけたとか、掘り出された同性愛者の墓を定期的に訪れ黙祷を捧げていたとか。サンバ・アワ・ニャングと一夜を共にしたとも言われているらしい。大学の授業で同性愛者の詩人を何人も扱って、その廉《かど》で大学区から追放されたという話も伝わっているそうだ。父は噂のひとつひとつを自分なりの言葉で、怒りに満ち、非難で溢れ、恥にまみれた言葉で伝えて寄越した。僕は落ち着いて耳を傾けていたけれど、それが父にはいまいましく感じられたことだろう。もしかすると父の目には僕が、法廷で、自らの凶悪な所業を長々書き連ねたリストが読み上げられるのをいわば超然として、なんの関心も示さず、それどころか嗜虐的な快楽に興じながら聞いている大罪人にも似て映ったかもしれない。僕の態度は冷酷な怪物のそれであり、自らに向けられた非難の深刻さが把握できていないか、そうでなければ重々承知の上でなにひとつ悔いておらず、楽しんでさえいるのかもと思っているに違いない。

突き詰めてみれば、父は、僕の態度に人間とは思えぬ無関心を認めている我が父親は、正しいんじゃないだろうか？　現に僕は彼の発する重い言葉の数々を上の空で、じき絞首刑になろうというのに眼前に屹立する絞首台が見えていない者の体で聞き流してはいないだろうか？　父は僕の話をしていた。僕に関する噂の話をしていた。けれどそこで語られていることは誰か僕とは違う人間の人生みたいに感じられた。聞こえてくることは違和感ばかりで、違和感のあまり何度も父を遮ってなにかの間違いだ、それは僕のことじゃない、まるっきりひどい人違いなんだよと言いそうになった。ああ！　全てを否定し、反論を試み、いきりたつ僕の声を父はどんなにか聞きたかったことだろう！　きっぱりとした声で僕の、父の、みんなの名誉は安泰だと宣言してほしかったことだろう！　その赤くなった目と震える声音の向こう側には、ちぎれんばかりの悲痛な願いがはっきりと見て取れた。「頼むから言ってくれ。彼らの思い違いだと。みんな嘘をついていると。すべて作り話だと。誰かと間違えているんだと。お願いだ。ンデネ、嘘だと言ってくれ！　さもなくば嘘をついてくれ！」

けれど僕にはできなかった。できないよ、お父さん。僕ではない誰かの話をされているように思えこそすれ、挙げられている行動は僕のとったそれだ。認めないわけにいかない。事実関係という意味では、噂は正しい。アマドゥの母親と出会ってから僕は何度も彼の墓の前で黙祷を捧げたし、この国で最も名高いゴール・ジゲンとも夜のひとときを共にしたし、大学の授業でヴェルレーヌを教えもした。つまり噂は事実そのものを伝えていて、しかしそこから引き出される解釈や、意味作用や、結果や結論は真実を語ってはいなかった。形而下の事実に触れてはいても、形而上の側面を丸ごと欠いていた。とはいえ、どうすればそれを父とアジャ・ンベンヌに、噂を肯定せずに説明できるのだろう？　どうすれば僕の立場をこれ以上悪くすることなく説明できるのだろう？

アジャ・ンベンヌ、彼女なら、理解してくれたかもしれない。父よりも辛抱強いし他人の気持ちに寄り添える人だから。でも理解するってなにを？　僕がゴール・ジゲンでもなければアマドゥの恋人でもなく、サンバ・アワ・ニャングの弟子でも、ヴェルレーヌの詩を通してゲイのプロパガンダを繰り広げる工作員でもないってことをか？　それさえ誓えれば無実ってことになるのか？　僕が人間であると認められるか否かはそこに、すなわち非同性愛者であるという証拠を自ら示せるかどうかにかかっているのか？　だいたい、そんな証拠どうやって示せばいい？　父とアジャ・ンベンヌには僕が誓えば事足りるかもしれない。けれど噂に対してはなんの効き目もないだろう。悪意に満ちた噂話を無責任に吹聴する楽しみを、人はそうたやすく手放したりしない。確固たる反論を突きつけなければ中傷は止まない。僕にはそれがない。周囲から「どうやら、あなた、札付きの男色らしいですね」と決めつけられたら、人はどう答えればよいのだろうか？　おそらく答えようがないだろう。

父の話は続いていた。じんわりと涙が両の目に滲んできていた。父が案じているのが僕の境遇なのか、自分の立場なのか、それとも一連の非難に根拠があった場合の然るべき対応についてなのか僕には判断がつかなかった。父はなおも喋って、喋り続けている。その姿に、父がこうも一心不乱に言葉を並べ立てるのは、沈黙に促されて訪れる僕の返答に立ち向かわねばならない瞬間を先延ばしにするための策略なのではないだろうかと思えてくる。とはいえやはりその瞬間はやってきて、陳述すべきことも尽き、父は口をつぐんで僕の言い分を聞かざるをえなくなった。いよいよ弁護側の陳述だ。

アジャ・ンベンヌが顔を上げ数珠をつまぐっていた手を止めた。泣いている。僕はにっこりしてみせてから、父の方へ向き直った。見ているだけでつらい。厳しい表情の陰には、自らの世界が崩れ落ち、それとともに、常に信じて人生を捧げてきた価値体系も丸ごと瓦解するのではないかという、ひとりの男の恐怖があるのみだった。

僕は底知れない悲しみに囚われていて、それを分かち合ってくれる人は一人としていなかった。二人から遠く離れていたい。だって僕にはみんなを傷つけるようなことしか言えないから。アマドゥの身に起きたことに自分でもなぜかよくわからないけれど心を揺さぶられた、と説明すれば僕自身が同性愛者なんだとカミングアウトするのと同じくらいショックを受けるだろう。二人が僕から聞きたいのはシンプルかつ明確な答えなのだ。それをこそ望んでいるのだ。でもシンプルってなんだ？　明確さなんてどこにある？　澄みきった唯一の真実なんて存在するのか？　真実の言葉とは、安直さと傲慢さの誘惑に抗いながら固く閉じた蕾《つぼみ》を開いてゆかんとする営みの、その困難によってこそ担保されるものではないのか？　真理は手軽できっぱりした言葉の内にさらりと述べられたりしない。それどころか、躊躇《ためら》いや、豊かで襞《ひだ》が多く不純物を孕《はら》んださまざまな沈黙を通して述べられ、その躊躇いや沈黙が、僕にもよくはわからないけれども、あらゆる言葉を前後に連なる他の言葉から離したり近づけたりするものだろうと思う。

まあいい。どれだけ立派な理論を並べ立てても意味はない。今すべきはアジャ・ンベンヌと父に対する申し開きだ。できるはずがない。いずれにせよ、僕たちはわかりあえないのだ。言葉こそが請い願われていながら言葉だけは不可能であるというところまで来てしまっている。情動と、未知なるものと、痛みとが溢れ出して、なにを言っても凶器になるから。それならこの場を立ち去りたい。意気地なしだろうか、僕は。

「お父さんが僕にどうしてほしいのかはわからないけど。何日かここを離れようと思う。みんなにとってもきっとその方がいいだろうし」

そうして僕は立ち上がり、玄関の方へ歩き出した。

「他に言うべきことがないのなら、もうおまえには会いたくない。今その足で出ていくのなら、二度と再びこの家の敷居は跨《また》ぐな」

凍りつく僕。最もふさわしくないフレーズを三つ発してしまったのだ。その三つのフレーズは僕たちの絆を断ちきるにじゅうぶんだった——脆《もろ》いといえばその通りだが、大切なものはおしなべて脆いのだ。度胸のゆえか意気地がないのか、僕は振り返って父が泣いているのを見ようとはしなかった。声音から伝わってきていたけれど。恨みはしない。ずたずたに引き裂かれているのだから。父の方が僕より辛いに決まっている。今までは、この人は自分の信じてきた世界を失うのが怖いのだろうと思っていた。僕は間違っていた。そんな世界よりも、自分の生きる理由のひとつ、つまり僕という、実の息子が去ってゆく姿を、逝ってしまった母に続いて見送ることをこそ恐れていたのだ。立ち去る僕に父は裏切りを見出すだろう。ただし僕から父への裏切りではなく、自身から母へのそれを。こういう態度をとることで、僕は父が母の死に際して立てた暗黙の誓いを踏みにじったのだ。僕を真っ当な大人の男に育て上げる、という誓いを。僕が出て行ったら、父は今夜の夢に現れる母になんと言うだろう？　口にできるのはわずかに三語だけ。「失敗だ」。そうして母の幽霊が父へと投げかけるまなざしは耐え難いものになるだろう。もとよりずっと耐え難いのに。それゆえ父は泣いているのだ。自分は恥ずべき息子だ、恩知らずだ。愛情を一身に与えられておきながら。僕は危うく我に返って踵《きびす》を返し、父に駆け寄って足元に身を投げ出し泣いて泣いて泣き疲れて眠りこんだ末にまっさらな心で目覚め、赦《ゆる》されてしまおうとするところだった。けれど僕にはわかっていた。欲求が身の内を迫《せ》り上がってくるのをありありと感じながらも、そうした一切は起こりえないだろうと。僕はもう闇と孤独のあまりに深きへ分け入ってしまっていた。引き返すよりこのまま奥へと進んでゆく方がたやすい。そしてそれこそが辿るべき道でもある。というのも僕はここに至りようやく信じ、いや確信したのだ。一連の孤独と自責の果てには、他の何にも誰にも与えることはおろか示すことすら叶わないであろう救済が、ともすれば真理が、自分を待っているのだと。まっさらな心を持ったところで、何の意味があるだろう？　どうせ再び汚点を、それもおそらく前より早くつけるのだから。「今その足で出てゆくのなら、二度と帰って来るな」。怒りと絶望と恥とに苛《さいな》まれながらも、父の愛は僕に逃げ道を用意してくれていた。「今その足で出てゆくのなら……」。僕とドアとを隔てているのはたったの数メートル。それなら父とは？　父とアジャ・ンベンヌと僕との間にはどれほどの距離が横たわっているのだろう？　距離とも呼べないほどのそれが今やあまりに越えがたい……。「出てゆくのなら……」。僕は一歩踏み出し、それはたちまち後に続く長い道のりの始まりという意味を避けがたく帯びた。そのまま二歩、三歩、四歩、五歩。もうほとんど外だ。六歩目で、僕は家を出ていて、決して帰っては来られないとわかっていた。

しばらくのあいだ僕は、子ども時代を過ごし、今では自らの居場所はおろか思い出を安置しておくことすら叶わなくなった家の戸口に佇んでいた。ぜいぜい喘ぎながら。六歩で呼吸が乱れていた。何キロも走ったような、あるいは人ひとり殺しでもしたような感じがした。頭にガッと血が上って、まるで逆さ吊りにでもされたみたいだった。そうかこんな感じか……。孤独に目が眩《くら》むというのは……。純然として死に至らしめる自由の目眩《めまい》だ……。判決は下された。有罪。覚悟はしていたから、その点では驚いたというほど驚いたわけでもない。ただ新たな事実が有罪評決に苦々しい味わいを与え、僕を完膚なきまでに打ちのめした。父の話を聞いて、僕ははっきりと自覚したのだ。自分は有罪にとどまらないのだと。すなわち自分には、有罪であることに加えて、弁護の余地がないのだと。呼吸がゆっくりと正常なリズムを取り戻してゆく。再び歩き出す僕。呼び止める誰かの声。アジャ・ンベンヌだ。追いかけてきて横に並ぶ。ベールが乱れている。

「ンデネ……。あなたの中にわずかでも思いやりというものが、私を愛する気持ちが残っているなら……。行かないで。お願い。私も力になるから……。マラブーのところに行ってみたの。いえわかってる、こんなこと言うときっとあなたは……。でもね、その人はインチキな拝み屋じゃないのよ、ちゃんとクルアーンに基づいたことしかしないんだから。正式な祈祷をね。ほらあの、私のお友達の息子さんを治したっていう人。前に話したでしょう。特にそういう関係のアレには定評があるんだって。ムハンマドの遠縁の血統らしいし。あの人なら、絶対なんとかしてくれるから……。ねえお願い。お父さん、噂のことがあってから本当にかわいそうなくらい弱ってるの。あなたが行ってしまったらますますひどくなる。お父さんや私のためじゃダメっていうなら、せめてあなたのお母さんのためにも。ね、おいで……戻ってお父さんに謝りなさい」

「謝るってなにを？　僕がなにか謝らなければならないようなことをした？」

アジャ・ンベンヌは何も言わなかった。自分でもわからなかったのかもしれないし、僕の声の荒々しさに動揺したのかもしれない。

「ほらね？　答えられないでしょう。僕がどんな罪を犯したのか誰もわかってない。僕自身にもわからない。あるいはみんなよくわかっていながら呼び表すことを恐れているのかもしれない。もしもそうだとしたら、僕が謝罪するまでもない。もう片はついてる。許されない罪っていうのは、決まってそういうものだ。呼び表すことすらできない罪のことなんだよ」

「大事なのは罪がどうとかじゃなくて……。なんでもいいから、お許しを乞うことなの。そうすればこっちに戻れる。あなたのもといた世界に。家族の一員に。許してもらえないことなんてない。でもあなた自身にその気がなくちゃ……」

「僕にその気はないかもしれない。なくなったのかもしれない。もう許しは欲しくないんだ。許しでは解決されない場合も、そう、あるんだよ。許されたからといって自分の人生の価値や、自分がそれにふさわしいのかがわかるわけじゃない」

最後の言葉は囁くような声になった。疲れている。けれどその言葉の一つひとつはなにか揺るぎないものを湛《たた》えていた。アジャ・ンベンヌもそう感じたにちがいない。最後は観念した様子で、無力を悟った静かな調子でこう口にした。

「それなら私にできるのはあなたのために祈ることだけね、ンデネ。神があなたと共にありますように。お母さんが護《まも》ってくれますように」

僕はアジャ・ンベンヌをぎゅっと抱きしめすぐさま離し、温かく母の情に満ちた抱擁に身を委ねていたいという誘惑を断ちきると、その場を後にした。手の甲で、頬の表面の、湿った痕を拭いつつ、僕にはそれがアジャ・ンベンヌの涙なのか、それとも自分の、我知らず流した涙なのかわからなかった。

*

家に帰り着いたのは夜中の一時を過ぎたころ、長い長い徘徊の末のことだった。僕は部屋のドアのところに、なにやら書き殴ってあるのをみつけた。プース プゥープ「糞を押す奴」、ウォロフ語でゴール・ジゲンを指し示す際に用いられる、豊かなイメージを孕んだ数多の異名のひとつだ。顔を近づけてみる。むっと鼻をつくその臭いからして明らかに人間の排泄物で書かれたものだ。ご苦労なことに誰かがわざわざ糞をして、便をそっくり梱包して、ここまで輸送した上で、僕を罵り、辱め、恫喝するためのインク代わりに使ったわけだ。糞を押す奴、か。発案者がそれなりのユーモアを心得た人物なのは認めざるをえない。ドアを押して中へ入れば、確かに糞を、芳しくうっすら体温の残る糞を押すことになる。洗浄してから窓辺へゆくと、世界は相変わらずの芝居を見せてくれた。いつも通りの笑い声が、焼け焦げた地上の幸福から立ち昇る煙のように空へと昇ってゆく。いつも通りの貧しい人々が輝ける惨状を装い、人生の針はいつも通り狂ったまま零《ぜろ》を指し続け、茫漠とした孤独はいつも通り一人ひとりを蝕んでいる……。

とにかくどこかへ、数日はダカールを離れる必要があった。同性愛者に違いないと噂され、教員としても停職処分を受けて、どうにも息ができない。どこかへ身を隠さない理由が見当たらない。僕はラマに出立を決めた旨を伝えた。ラマは一緒に行きたいと言ってくれた。僕自身心のどこかで望んでいたことで、ラマはそれを感じ取ってくれたのだろう。久しぶりに一人になりたくて、けれど彼女にはいて欲しかった。僕は預金をいくらか下ろし、ダカールから南へ百キロほど行ったところにある大西洋沿いの漁師町に小さな一軒家を借りた。そして四日後、ラマと共に発った。

第十七章

思えば村に着いた時点で、しばらくは心穏やかな日々を過ごせそうだと直感していた。とはいえここならすべてがうまくいくなんて思いこみを抱いたわけでもない。落ち着いていて、雰囲気がよく、潮騒に彩られた村落ならではの素朴な陽の恵みに浴してはいるが、だからといってそこに求めていた安らぎはないとわかっていた。場所とはいわば演劇の舞台、生きた舞台であって、装置も明かりもあるけれど、演じるのは、演じることができるのは自分だけ。代役もプロンプターもいない。この村に癒やしてもらおうなんて期待はもっていなかった。ただ、癒やしというものがありうると信じさせてほしいだけだった。

僕たちが着いたのは午後のまだ早いうちで、のしかかるような熱気があたりを覆っていた。村にはまるで人影がなかった。男たちは大半が海へ漁に出ていた。女たちはといえば、家で男たちが帰宅する夕暮れ時を待ちながらわずかな休息を取っているころだ。帰ってきたら釣果を引き受け、捌《さば》き、夜の道を大きな市場まで運んで行って売るのだろう。

人影はなかったけれど、そこかしこに息づかいが宿っていた。訪問者の歓迎担当は碧くわずかにさざめく海、白くなまめかしい砂浜、ほっそりと曲がりくねりながら遥かな空へとけてゆくその描線、そして六歳から十二歳くらいまでの子どもの大群。男の子も女の子もいて、腰から上は裸の子がほとんどだ。浜辺から数メートル離れた入江の、ラグーン状だが子どもが泳げるくらいには深さのあるあたりでバシャバシャやっている。

僕たちが海辺にやって来てからというものずっと、子どもたちは小さな、子どもサイズの丸木舟をなんとか押し動かして入江に浮かべようとしていた。とはいえ一筋縄ではいかない。小ぶりとはいえ、まだ幼い子どもたちには明らかに重すぎる。なんとかうまく海に浮かべる方法を思案し意見を戦わせている様子を僕たちはじっと眺めていた。僕はラマに泳ぎたいかと尋ねた。ラマは後にすると答えた。まずはあの子たちがどんな手を使って舟の件をクリアするのか見届けたいという。そこで二人して子どもたちから遠くない岩場に腰を下ろすと、陽射しで熱くなった岩に尻が幾分ひりひりした。向こうも僕たちに気づいていて、中には手を振ってくれている子もいた。けれど任務の重大さに引き戻されてこちらへの関心はすぐに失った。僕はポラロイドカメラを取り出した。買ったのはフランスで、セネガルへ戻ってからはほとんど使う機会のなくなっていたものだ。写真は学生時代に夢中になったもののひとつだったのだけれど、帰って来てからは時間がないせいもありだんだんと手が伸びなくなっていた。海辺の村で過ごすならまた始める良い機会になるかもしれないと思って荷物に入れておいたのだ……。何枚かパシャパシャと撮ってみる。砂浜、海、ラマ、空、奮闘中の子どもたち、あたりを行き交う羊や野良犬。

いつしか子どもたちはひとつの合意に達していた。この状況を打開するには父親連中が漁に出る時にやっているのと同じようにするしかなさそうだ。そこで砂浜を遠くの方まで走って行って太い丸太を三、四本取ってくるとその上に舟を載せて転がす作戦に出た。何度か続けて試みるも虚しく終わる。せっかく使えそうな物があっても、使い方がわからないのだ。粘り強く、決して苛立たず和気藹々《わきあいあい》と挑み続ける子どもたち。ここが子どもと大人のいちばんの違いだ。誤解されがちだけれど、前者の方が失敗に強いのだ。ラマは子どもたちの勝負をじっと見守っていた。緊張が伝わってくる。再挑戦のたびに期待が膨らみ、失敗のたびに落胆のため息を漏らしても次の瞬間には聞こえてくる「もう一回、やってみよう！」

いったい何度目になるのだろうか、子どもたちは改めて賭けに出た。今度は丸太の配置が絶妙だった。丸太の上を転がり始める小舟。慌てず力まず、なにより息を合わせて押してやらなければならない。希望に満ちた静寂が数秒にわたって浜辺にたなびいた。ラマが立ち上がって呟く。「いけ！」。子どもたちは一丸となり、一心同体のごとき動きで、最後のひと押しを繰り出した。すうっと水に入る舟。期待を閉じこめていた緊張がはじけ飛び歓声がどっとわき起こった。大きな勝利が、人気のない海岸に逆る。裸足で、丈の長いワンピースを纏い、黒々とした髪をさながら海賊旗のごとくはためかせて、ラマは子どもたちのもとへ駆けて行った。服のまま海に入ると胸のあたりまで水で隠れる。そんなラマを一同は仲間のように迎え入れ、小さな舟に場所を空けてくれた。ラマはこちらを振り返って輝くような笑顔を見せなにか言葉を発したけれど、風と波の音にさらわれて僕の耳には届かなかった。子どもたちも僕に笑顔を向けてくれた。僕はみんなの姿を写真に収めた。癒やしはここに確かにありえた。ダカールの町と雑音が遠い彼方に霞んでいた。

第十八章

最初の五日間は貧者に訪れた僥倖《ぎょうこう》の如き速さで過ぎた。残りはあと五日だけれど、終わりのことは考えたくなかった。僕たちは身体を重ねたり海へ行ったり、散歩をしたり読書をしたり、料理をしたり写真を撮ったりして日々を過ごしていた。

ラマはとりわけ、明け方、海へ出る前の漁師たちを見に行くのが好きだった。どこか現実離れしたひと時だった。曙光に染まる砂浜の静けさを遮るのは砂を打つ波音と薄闇のなか支度を進める漁師たちの無骨な声だけで、大海を目指し遠ざかってゆく丸木舟のシルエットが幾艘も連なって水平線を覆い尽くした様は、戦艦の一団を思わせた。誰も絵に描かないのが惜しいほどの光景。

夕方、舟が戻ってくると、僕は写真を撮った。次々と岸へ着く舟を前に湧きあがる高揚と昂奮が村とそこに住まう人々の普段は見せない表情を照らし出す。特別な生の躍動が露わになる瞬間。束の間の、せいぜい一時間ほどの、けれどなんとかけがえのないひと時だろう！　日常を形作る様々な場面の狭間に潜む、かくも濃密な刹那！　船員たちが荷を下ろす。女たちはさっそく魚を捌《さば》き始める。男たちの筋を浮かべた肉体、労働と現実の過酷さのアレゴリーとしての身体を、魚を扱う女たちの手つきを、神性を帯びて泰然と揺蕩《たゆた》う大きな丸木舟の一群を、僕は捉えようと試みた。アングルや構図、ポーズに凝りすぎるのを避けつつ。対象のしなやかさと自然な佇まいをありのまま切り取るべく。唯一の武器である直感を頼りに。

大抵は見事な失敗作となった。けれどよく撮れたものもあった。選り分けてくれるラマ。そのあたりのセンスは確かだった。中には彼女の琴線に触れるような写真もあった。僕は嬉しかった。そうやって五日目の写真を吟味しながらラマは、あの男の人また写ってるね、と言った。

「あの男の人？　誰のこと？」

「あのいつもカメラ目線の人。よく撮れてるやつには必ずこの人がうまいこと写りこんでるじゃない、前からずっと。後ろの方とか、はじっことかが多いかな」

ラマがいったい誰の話をしているのか僕には見当もつかなかった。とまどっている僕の顔を見てラマも察したらしかった。

「まさか気づいてなかったとか言わないよね？」

「いや、ぜんぜん見た覚えないな」

「二人ともわかってて楽しんでるのかと思ってた」

ラマはそれまでに撮った写真の山を漁って四枚抜き出し、さっきの一枚と合わせてこちらへ差し出した。するとそこには確かに、一人だけじっとカメラの方を見ている男性の姿があった。他の人々は、そういう風に見せているのか、本当に関心がないのかはともかくも、仕事にかまけてこちらを一顧だにしていない。しかし彼は、その男性は、僕を直視していた。写っている五枚全てにおいて、しっかりと僕を見据えていて、見開いた大きな目には自信とも侮蔑ともつかないものを浮かべている。舐めきった態度で勝負を吹っかけてくる格闘家といったところだ。奇妙なことに、どの写真を見ても同じ表情で、同じポーズだった。背筋をまっすぐ伸ばし、胸を張り、顎を軽くしゃくり上げるようにして堂々たる佇まいだ。存在自体まったく気づかずにいたけれど、彼は明らかに僕の注意を引こうとしていた。若いといってよさそうな見てくれで、漆黒の肌に、房を成す伸び放題の髪が流れ者のような雰囲気を醸していた。取り立てて美形というわけでもないが、まなざしに宿る若者特有の不遜さが癇《かん》に障るようでもあり、愉しくもあり、好もしい。他人からこれほどの激しさをこめて見つめられたことは滅多になかった。もしもレンズに隔てられていなかったら、と想像する。きっとあのまなざしに灼きつくされてしまったにちがいない。

「その感じだと、気になってるみたいね。さっきからずっと釘付けになってるじゃない。

本当にぜんぜん知らない人なの？」

「うん。まったく心当たりがない」そう言って僕は安堵と未練を覚えつつ男の視線から抜け出した。

翌朝、漁師たちが戻ってくると、言うまでもなくひたすら彼を探した。レンズ越しに、あの視線を待ちわび、あの不遜なまなざしをとらえて、閉じこめて、彼に応えてやるつもりだった。けれど気配すら感じられなかった。どこにも姿が見えない。僕は浜辺を隅から隅まで一周し、丸木舟の一艘一艘、漁師の一人ひとりまで確かめてまわった。無駄骨だった。彼の写っている写真も一枚だけ持って来ていた。僕は漁師の一人にこの男性を知っているかと尋ねた。

「もちろん知ってるよ。ここじゃみんな知り合いだから。こいつはヤトゥマ、ヤトゥマ・ンドイって言って、バマール・ンドイの倅《せがれ》だけど、あそこんちの舟は今晩は戻らないね。海で二日ばかり明かすんだよ。明日には、きっと大漁で帰ってくるぞ。親子で村一番の漁師だからなあ」

僕はがっかりして帰路についた。わかったのは名前だけで、どうにも物足りなかった。あの目が欲しかった。帰宅するとラマは料理をしているところだった。

「今日もいい写真撮れた？」

「いや、あんまり」

「いっつもそう言うけど、ぜったい二枚か三枚はすごくよく撮れてるやつがあるんだから。わたしが見てあげる」

「収穫ないんだ。ぜんぜん」気まずい沈黙を挟んで、僕は言った。「収穫ゼロ、今日は」

「なにそのボウズだった漁師みたいな言い方」

僕は答えずにいた。

「それはやっぱり、彼がいなかったから？」

「は？」

「ほらあの写真の彼。カメラ目線の。ンデネ、昨日はあの人の顔に釘付けだったでしょう。わたし見たんだからね。夜中目が覚めちゃって、そしたらンデネ、あの人の写ってる写真を眺めてた。あんな遅くに。もしかして夜中ずっと写真とにらめっこしてたとか？」

僕は何も言わずその場を離れようとした。引き止めるラマ。

「あのね、わたしはンデネのこと、ジャッジしたりしないから。ぜったいしないから」

僕は居間のドアをバタンと閉めると寝室へ逃げこんだ。ラマが最後に口にした言葉に僕は、癒やしと勇気を得るどころか憤りに駆られていて、自分でもなぜだかよくわからなかった。ジャッジを受けて在るか、受けずに在るか。どちらがマシだろう？　どちらも等しく、他者のまなざしに従属することに変わりはない。たとえまなざしの主がそう望まなくとも。ジャッジしないことで、ラマは僕にどこまでも自由に在る権利を与えてくれた。すなわち僕は完全には自由ではないわけだ。誰かにジャッジを受けないことが自分が自分で在るための条件だとすれば、僕はやはり他者に、他者のジャッジならびにその留保に左右されることになる。目をぎゅっと閉じ、頭を滾《たぎ》らせて、僕はラマを憎んだ。ジャッジの留保というジャッジが耐え難く厭わしかった。ジャッジしないと言ってのける人間には用心した方がいい。そう口にする時点で既にしているばかりか、誰より手厳しいかもしれない。たとえ当人は本気であっても。むしろ当人が本気である時ほど。意図せず、ことによると気づきもせず、相手はこちらを分析し、骨の髄まで詳《つまび》らかにする。むしろジャッジしてくれたらよかったかもしれない。そして言ってくれたらよかったかもしれない。僕をどう思っているのか、僕の内側でどんなものが蠢《うごめ》いている気配がするのか、僕の知りたくないことを全て。でもラマはジャッジしてくれない。そうしてヤトゥマのまなざしの前に僕ひとり置き去りにする。浜であの男に再会できなかった。つまるところ、こんなに怒り苛立っているのも全てはそこに起因していた。この目で再び彼をとらえることができなかったということに。

その晩はそのままどんよりとした静けさのうちに過ぎた。ラマは一言も喋らず僕の怒りも鎮まらなかった。その怒りは、自分でも痛いほどわかっていたが、自分自身に向けられたものだった。己の弱さからラマのせいで機嫌を損ねたような態度をとってはいたけれど、僕が忌々しく思っていたのは彼女ではなかった。ラマにはなにもされていないし、まさにそれこそが問題だった。ヤトゥマの視線を前に僕の気持ちがかき乱されたのは彼女と何の関係もない。僕の怒りの根源は自分自身の血流の内に、ヤトゥマの人を虜にするようなまなざしが僕に発揮する怪しげな引力に、抗えず、それを受けて生起する恥辱の中にあった。その引力は罪であり僕に恥辱を植え付けた。しかしとりもなおさず、まさにその恥辱の内奥から、辱めを謳うが如く沸き起こる、ひりひりと昏《くら》い快楽。過ちを犯し、禁忌に触れることの青く瑞々しい快楽。快楽を覚えることを恥じる快楽。惑乱の末に途方もなくやりきれないものが残る。自分はたった数週間のうちに二度までも見ず知らずの若い男にすっかり心を奪われてしまうような、弱くて感じやすい人間だったのだろうか？

ラマは一人で寝室に消えた。僕を限界まで自分と戦わせておこうと決めたのだろう。僕は居間に取り残され、数メートル隔てたテーブルの上には例の写真が置かれたままになっていた。ほんの数歩であのまなざしに再会できる……。ほんの数歩、たったそれだけで……。僕は意志の力を振り絞ってソファに留まっていようとした。テーブルは邪悪な誘惑の様相を呈していた。近寄ってはいけない。遠く身を離していなければ。あの忌まわしいテーブルとまなざしから。それからクルアーンを誦《そらん》じ始め、ドゥアーを唱えて、あのテーブルに惑わされないようにと祈った。神が裁きの雷を下し、テーブルがこの眼前で炎に包まれんことを……。けれどなにも起こらない。すぐそばで素晴らしく不穏に佇むテーブルを凝視する僕。なおもクルアーンを誦《そらん》じながら、命がけの形相で肘掛けにしがみつく僕。バカげてる。恐怖に駆られてさえいなければ、自分の演じる憐れな見せ物に腹を抱えて笑い転げたろう。

　ンデネ、おまえはなにを怖がってるんだ？　ホモ野郎に成り下がったんじゃないかと不安なのか？　あの目で見られてどうなってしまうのか怖いのか？　一人前の堂々たるヘテロとして歴史に恥じるところのないおまえが。いつもいつでも女性しか、粒立った大きな乳輪を持つ乳房や、なよやかな尻や、うっすらと官能を煽るうなじや、性器の匂いや、男性とは異なる世界との向き合い方や捉え方しか愛してこなかったおまえが。女性という銀河は永遠に逃れさり掴みえないと知るがゆえますます手を伸ばさずにいられなかったおまえが、ゴール・ジゲンになったっていうのか？　そんな！　ムスリムの教養を身につけ、一度はイマームの座に就きかけた敬虔な男の息子であるおまえが。幼い時分からマドラサでクルアーンを学び、この国の徳と善とをもって育てられ、教育され、鍛え上げられてきた、そのおまえがホモに？　四つん這いで、筋を浮かべ熱《いき》り立つモノをぶら下げた巨獣に掘られる自分を想像するのが恐ろしいのか？　男の裸体に惹かれる自分に不安なのか？　連中の仲間に入ることで孤独や、苦しみや、沈黙へ沈められるのが怖いのか？　群衆が自分の目玉を抉《えぐ》り出しにやって来るのが怖いのか？　おまえ自身、群衆の一員だと、自分で言っていたじゃないか！　おまえはその中の誰かであると同時に誰というほどの者でもない、違うのか？　どうしようもないな、群衆に死を望まれるのが怖いんだろう！　死ぬのが怖いか？　どうした？　それならやっぱり、あの噂は、雑音じゃなかったんだな？　おまえどうしたらいいと思う？　どうするつもりだ？　どうする？　自分で自分の息の根を止めるか？　名誉ある同性愛者をまっとうする覚悟はあるのか？　答えろよ、このバカ！

夜は更けてゆき僕は勝ち目がないのを悟りつつあった。テーブルは僕を呼び続け、そこに折り重なった写真に目をやりさえすれば僕は、形はどうあれ、解放されるのだ。クルアーンの祈祷がうまく出てこなくなってきた。神に見捨てられている。あるいはその逆か。ついに僕はテーブルの方へ進み始めた。ヤトゥマが五枚の写真に姿を現す。僕は顔を背けて写真を手に取ると、目と目が合わぬよう、ポケットにねじこみ、外へ出て浜辺を目指した。

ヤトゥマのいる写真をポケットの中に、自分の性器のすぐそばに感じる……。あのまなざしが……。僕は歩みを早めた。あのまなざしが……。性器が首をもたげ始めた。次第に小走りになり、幼子のように嗚咽を漏らしながら駆け出す。息が苦しい。勃起が激しさを増してゆく。あのまなざしが……。空気が冷たかった。涙が流れていた。僕は喘いでいた。そうしている間も僕の、首といわず顔といわずそこいら中に、不吉に勝ち誇ったまなざしが、火のような、それも黒い火のようなヤトゥマ・ンドイのまなざしがあった。さざめきが、波のさざめきが聞こえる。あとひとつ砂丘を越えなければ。性器が膨張を続ける。海だ、やっと着いた。僕は束の間足を止めた。息切れがひどい。だんだんと呼吸が落ちつくのを待ってから、僕は震える手でポケットから写真を取り出した。今度もやっぱり直視しないようにしながら。なにをもたもたしてるんだ俺は？　背中を押してほしい。きっかけがほしい。と、逆巻く波が轟音とともに突堤に砕け散り僕を衝いた。僕は憤然として写真を引き裂き、そのまま宙に投げ出した。まなざしは無数のかけらへと貶《おとし》められ浜辺に舞い上がると、凍てつく風に煽られ飛散してゆく。海に落ちたものもあれば、砂浜を小さな蟹のようにクルクル転がりながら夜の闇に消えたものもあった。

直後の数秒は、安堵のようなものを覚えた。はたしてそれは、まったく逆で、不安が倍に膨れ上がる予兆だった。まなざしは……変わらず在った。言うまでもなく在り続けていた。目を八つ裂きにすれば元から断てるだなんて、いったいどうしてそんなことをほんの一瞬でも信じることができたのだろう？　僕はまだ自分に嘘をついていた。まなざしは僕の中に在ったのだ。気づけば僕は砂浜に散らばった写真のかけらを拾い集めようとしていた。いったいどんなバカげた期待をしてるんだ？　最後にもう一度だけ、初めて出会った場所で、僕をむき出しに、非力にせずにおかないあの両の目を見たいというのか？　なんとか数枚の断片を回収した。そのどれにも僕の求めるあのまなざしの気配はなかった。残りはもうとっくに砂浜か海へ灰塵《かいじん》の如く飛び散った後だ。二度と再びまみえることは望めないだろう。僕は砂浜にくずおれた。疲弊しきって、惨めで。そうしている間もずっと怒張しきったままだったせいで性器がじんじん痛んだ。だから僕は引っ張り出し、涙と恥辱と快楽でぐちゃぐちゃになりながら、解放を求めて自慰をして、それが遠く、力強く訪れると、長い喘鳴とともに、僕は誰もいない海岸に死んだかのように捨て置かれた。それで終わりだった。

そのまま長い時間が過ぎた後ようやく僕は起き上がり、息も絶え絶えに帰路を辿った。家に着き、シャワーを浴びると、ラマに体をすり寄せた。そうして顔をあの葉叢《はむら》のような髪にうずめた。

第十九章

その翌日、朝食の席で、帰りたいと告げた。

「本当にそれでいいんだ？」

「どうしてわざわざそんなこと訊くの？」

「だってまだみつかってないのかもなって。ここに求めていたものが」

「そんなのラマに何がわかるんだよ（ラマは何か言おうとしたが、僕は構わず続けた）。だいたい、なにか求めてるなんて誰が言った？　もう何日も、いつどこでなにをしていても、おまえはなにを求めてるんだって訊かれ続けてる。逆に訊くけどさ、どうして是が非でもなにか探し求めるものがなくちゃいけないのかな？　誰も彼もみんな、自分たちの存在に意味を与えてくれる神秘だか啓示だかを止むに止まれず探し求めるところに人生の本質がある、みたいに思いこんで……。でもトンネルを抜けた先にはまるっきりなんにもありゃしないかもしれないし、救いの明かりと信じていたものは次の道のりへと続く冷えきった通路の入り口に灯る青白い光にすぎないかもしれない。想像してみなよ！　だとしたらずいぶんと無慈悲な話だ！　滑稽だよ！　もしかすると僕たちはみんな管の中に、太いはらわたみたいなものの中にいて、こっち側にいる人はあっち側へ、あっち側にいる人はこっち側へ、行く手に明かりがあるような気がして進みながら、どんよりした煉獄をひたすらに抜けて来たばかりの対向者とすれ違っているのかもしれない。しかも言葉を交わす奴は誰もいないんだ。同胞に『おーい、そっちへ行っても、なんにもないぞ、いまそっちから来たんだ！』って教えてやる奴なんて。もうそしたら悲惨すぎて笑うよね！（僕は悪意のこもった笑いを浮かべた）笑えるし無益だ。そのあたり、みんな考えたことあるのかな？　ラマは、ていうか世間の人たちはみんなどうするつもりなんだろう？　もしも探し求めるべきものなんて結局なにひとつありはしなくて、すべては途方もない規模の偶然の連なりで、秘められたメッセージもなかったとしたら？　ねえどうする？　もしも本当にはらわた状態だったとしたら？」

「それを言うならむしろ、ンデネはどうするの？　ここに自分が存在していることは無益なんだって言い渡されたらどう応える？　自分の探し求めているものがそこにはないっていうだけじゃなくて、探すなんて発想自体がバカげてるって言われたとしたら？」

ラマの話しぶりは落ち着いていて癇《かん》に障った。僕は声を荒らげた。

「だからなんにも探してなんかいないんだって！　いったい僕になにを探してほしいん

だよ?」

苛立ちとはちきれんばかりの期待をこめてそう問いかけるとラマは、僕が仮説を開陳してくれることを望んでいるというより救いの手を差し伸べ、行くべき道を示してほしいと焦がれていることを感じ取ったようだった。

「わたしはなんにもしてほしくなんかないよ。そうだね、ンデネはなんにも探してないのかもね。むしろちょうど逆のことをしてる最中なのかもしれない。避ける、っていう」

束の間、どろりとした沈黙が部屋に立ちこめ、沼地のように危険なそこに、僕ははまりこんで戻れなくなるのを恐れつつ、それもまた甘美であるようにも思われた。

「なにをとか誰をとかは訊かないでよね。それは自分にしかわからないんだから。自分自身にしかわかりようがないんだから。でもひとつ言っておきたいのは……(ラマはいったん黙りこみ、僕はそこで初めて、彼女がそれまでと違って表現に迷い、落ち着きを失いかけているのを感じた)わたし、自分を徹底的にみつめて自分の中のいろんな悪魔に立ち向かう度胸のない男ってすぐわかるの。毎晩見てるからそういうの。世界の重みを頭に載せてやって来て、後悔とか不安とか自責の念とか過ちを償いたいみたいな気持ちとかでぐちゃぐちゃになってて。で、わたしに語るわけ、人生を。わたしがなにか魔法みたいな力で自分の人生にわだかまってるものに決着をつけさせてくれるんじゃないかって期待しながら。でもそんなのわたしには無理。話は聞くけどそれだけ。そのうち子どもみたいに泣き出して、そういう時はお母さんみたいなやさしさとどうしようもなくムカつく気持ちの両方を抱えて眺めてる。いとおしいけど心底うざい。延々泣いて、何時間も泣いてることとかもあって。魂《ソウル》を鳴らして。悲哀《ブルース》を歌い上げてさ。それが済んでも、気持ちが晴れるわけじゃないけど、まあ現実は甘くないからね、でもわかってるんだよああいう人達は。嘘をつき続けるってことは、ゆっくりと死んでいくことでしかないんだって。わたしそういう男はすぐわかる。でね、ンデネはさ、まんまおんなじだよその手の男と」

「へえ、僕をジャッジすることにしたんだ？」

「わたしがジャッジしようとしまいと、結局はそんなこと、どうだっていい。大事なのは、ンデネ自身が自分をどう思ってるかなんだよ」

視線が窓の方へ泳ぎ、砂丘の稜線にぶつかった。あの夜も、これを越えなければ海辺に辿りつくことはできなかった。ラマの辛抱強くも厳しい目が、自分に注がれているのを感じる。僕は再び、既に精も魂も尽き果て、ほとんど縋るようにラマへと視線を戻した。

「そうだね、ラマの言う通り、僕もそういう連中の一人なのかもしれない。でも自分の中の悪魔すべてに立ち向かうなんて僕にはできない。そんなのできる人いないよ。僕だって向かって行ったことがないわけじゃないし。それだけでもけっこう立派な方だと思う。

でもどうしたって怖いものはあるし、そうじゃなかったら、もう人間じゃないよ」

「ぜんぶに勝たなきゃダメなんて言ってない。わたしはただ立ち向かうぐらいはしなきゃダメだって言ったの。ぜんぶに」

「ラマはずいぶん勇敢なんだなあ」僕はなるべく嫌味に聞こえるように言おうとしたけれど、単に間の抜けた響きになった。

「勇敢なんかじゃない。負けるかもしれないのはわかってても、敗者になりたくなくて震え上がったりしないだけ」

「だからそういうところだよ。勇敢さの塊にして、至高の勇敢さだ」

「勇敢なんて大袈裟だよ。それは英雄を褒め称えるような時に使う言葉でしょ。そういう人は滅多にいないしわたしはそんなんじゃない。わたしが言ってるのはもっとなにか、勇敢さよりも単純で、だけど難しいことだよ。つまり、正気であること」

「僕にはあんまり違いがわからないけど。でもじゃあそうだとしよう。正気であっていうのは、僕の場合はどういう意味に取ればいいわけ?」

ラマはじいっと僕をみつめた。それまでに見せたことのない、いわく言い難い表情を浮かべていて、それがラマを別の誰か、見知らぬ存在に仕立て上げていた。

「べつにこれはンデネに限った話じゃないんだよ」とラマ。「人間誰しも、正気でありさえすれば自分を直視できるってこと。顔かたちはどうあれね。醜くても、傷跡があっても、それどころか生傷だらけで膿が出てたって、壊疽《えそ》を起こしてたって、目を逸らさずに見なきゃダメ。シンプルでしょ」

「いや、そんなことない。ていうかさ、僕たちさっきからなんの話をしてるのかな? お互い言ってることが抽象的すぎるよ、そう思わない?」

「そうかもね。でもそれがンデネの生き方だし、その生き方の話をしてるんだよ、わたしたちは。わかってるでしょ。このやりとりを抽象的だって感じるなら、それはつまりンデネ自身の生き方が抽象的だってことだよ。しかもぜんぜん変えようとしてこなかった」

「ちょっと何を言ってるのか理解できないな」

するとラマの顔がふっといつものそれに戻った。ため息をつき、弱々しい微笑みを浮かべてみせる。

「説明が下手なんだよね。ほらわたし、先生とかじゃないから……。うまく言えないの。あとさっきの! このわたしが『しなきゃダメ』なんて言って。しなきゃダメなことなんてなんにもないよ。興奮して口が滑っただけ。忘れて。みんな自分なりにやっていけばいい。その方がいいよ、でしょ? (ラマは再び微笑んだ。今度は悲しげに) わたしはとにかくンデネの助けになりたくて……ほんとにそれだけで。でも誰も助けてあげられない」

知り合って初めて、ラマは僕の前で泣いた。僕は近づいてぎゅっと抱き締めた。そうして僕たちは長いこと抱き合ったままでいた。

違うよ、ラマの説明は下手なんかじゃない。そういうことは説明できないものなんだ。決まってるじゃないか、ラマ、もちろん僕には伝わったよ。ラマはただ、どんな楽園へ逃げこんだところで永遠には続かないって、それは楽園と永遠が相容れないものだからではなく、この世に生きる、誰もが、地獄のかけらを自身の裡《うち》に永遠に宿し続けているからなんだって言いたかったんだよね。その地獄は楽園の途方もなく大きな嵐の中で小さな小さな丸木舟になってくれるかもしれなくて、決して沈まないんだって言いたかったんだよね。そうしてそのふたつ、地獄と楽園、は互いに併存するのであり、それこそが、かろうじて、僕たち人間を生につなぎとめているんだって。地獄でしかない場所では生きられない。楽園でしかない場所でも同じだって。もちろん、そういう言葉は使わないだろうけど。ラマならもっとシンプルで、もっとむき出しで、もっと情け容赦なくて、もっと心に迫る、もっと血の通った、抽象的でない言い方をしたはずだ。でもそれはまだ聞きたくない。まだ聞ける僕じゃない。

僕は貸し主に電話をかけて昼間のうちに出発したい旨を告げた。二人で家中を掃除し、荷物を整理してから最後にもう一度海辺の散歩に出て、あの小さな入江の岸まで行ってみた。その日は子どもの姿はなく、あの時の丸木舟も消えていた。村には相変わらず人の気配がなかった。十七時ごろ、もうそろそろ漁師たちの船が帰還するという時には、出立の支度は整っていた。ヤトゥママもじきに戻ってくるはずだ。そうして未来永劫なにひとつ知ることはない。

車に乗りこんだところへラマにメッセージが届いた。

「アンジェラだ。添付で画像が何枚もきてる」

「なんの？」

「パンパンに腫れた顔がふたつ写ってる、男の人の。昨日集団リンチに遭ったんだって。キスしてるところに踏みこまれたらしいよ。現場は大学。例によって、その場でボコボコにされて。今は中央病院で、危険な状態みたい。アンジェラの話だと二人のうち一人は文学部の偉い先生らしいんだけど。ンデネの知り合いかって訊いてるよ。見る？」

「見ない」

僕は車を出した。

第二十章

ジョタリカットは致命傷を負っていて夜のうちに死んだ。コリー先生はといえば、顎が砕けている。片目も失い、重度の外傷性脳損傷により部分的に記憶を喪失した状態だ。会ってみると意識はあった。かろうじて、意識だけは。僕が誰かは思い出せず、話すことは絶望的にままならない。口を開こうとするたび、大量のよだれが流れ出て先生の発しようとする言葉はすべてとめどない唾と形を成さないフレーズの岩漿《がんしょう》に溶けてゆく。それでも先生がなにか、見知らぬ者に託すのも厭わないほど大きなことを言いたがっているのは感じる。今の僕は先生にとって見知らぬ者なのだから。まだ見えている方の目で、先生は意思の疎通を図る。もうそれしか残っていないのだ。キュクロプスの眼で話そうとするしか。でも僕にはその目玉語法がまったく解読できない。わかるのはただ先生が苦しんでいること、そして怖がっている、かもしれないことだけ。何を言おうとしているのかわからない旨を先生に伝える。とどめにも等しい一撃。絶望と苦痛に目を閉じる先生。自分がこのうえない苦しみの内に閉ざされていると認識していながら、その苦しみを語ることができない。涙がひとつぶ左目から、まだ機能している方の目から零れる。ついにはもう一方からも、巻いてある包帯を染み通り、黄ばんだ物質が垂れてきて赤黒みを帯びる。僕はやっとのことで病室を後にする。

担当医が廊下で僕を待っている。「すこしの間こちらでお預かりします。十日が限界です。空きがないんですよ、ご理解いただけますよね……。できるだけ頻繁に来てあげてください。知った顔をいくつも見ていると記憶が戻りやすくなったりもしますから。それから彼自身の経歴か、思い出話なんかもしてみてください。ただそうはいっても、どういう経緯でああなっているのかについてはすぐには触れないように……。もう一人の方のことにも触れないでください……。つまり……ご友人のことですが……」。言葉を切り、ためらいがちにこちらを見るその刹那、彼の顔に、内なる熾烈な葛藤がふっと覗く。プロの医師としての良心が道徳的なジャッジをなんとか抑えつけているのだろう。それから話題を変え、先生が前の晩にここへ運びこまれて以来、会いに来たのは僕が初めてだと告げた。病院は奥さんを呼び出そうとしたが、向こうは面会に来るのを拒んだそうだ。そういうことはよくあるのだという。同性愛者であることが公になった人々は例外なく、多くの近親者や友人たちから見放される。妻がいる場合には、抑うつ状態に陥ってしまうケースも多い。騙されていた、罪の隠れ蓑になってしまった、自分は見せ胎で、善き市民の仮面で、男らしさの陳列棚でしかなかったと考えるだけで赦《ゆる》せない。言ってしまえば、傷ついているのだ。心から愛されていたことはなかったのかもしれない、と。

アンジェラとヒューマン・ライツ・ウォッチのメンバーを除いて誰一人、コリー先生に会いに来た人間はいない。ジョタリカットの方も同じ。まだ誰一人、彼の亡骸を引き取りに来ていない。それでも担当医はさほど心配してはいないようだ。「そのうち誰かは来ますよ。夜中に、人目を忍んで、運び出すんです。いつものことですから」。そう言って眼鏡をくっと上げると、プロの医師らしく握手をして、プロの医師にしかできない去り方で遠ざかってゆく。

外で町がざわめいているのが聞こえる。それを聴きながら数分の間、じっと動かずひとり廊下に佇んでいると、明かりが消え、それから、ゆっくりと、自分の裡《うち》で町や、そのざわめきや、住民たち全員に対する純然たる憎悪が波立ち水位を上げてゆくのを感じる。不意に湧き上がる殺意。奴らを皆殺しにしたい。わざわざ一人ひとりあらためたりせず、例外を認めず、誰が善人で誰が悪人なのか、誰が人間で誰が人間未満なのかも確かめずに。そんなことしたくもない。全員有罪なのだから。無罪の人間が含まれているわけがない。奴らは丸ごと世間であり、獰猛で強力で抑制の利かない、獲物を締め上げるボアのようなその身ぶりにおいて一蓮托生なのだから。できることなら、武器を手に出て行って群衆めがけて手当たり次第に撃ちまくりたい。テロリストみたいに、憎しみと、嫌悪と、決然たる意志に酔いしれながら。でも武器なんてなにひとつ持っていない。丸腰で非力で、同胞を前にした人間とは常にそういうものだ。僕にできることなどなにもなく、あるとすれば善意と、無邪気さと、純粋さとに満ち満ちて、正しすぎるがゆえ、また常に正しくあろうとしすぎるがゆえに虫唾の走るあのまなざしに立ち向かってゆくことだけだ。奴ら一人ひとりが集まってアマドゥを掘り返した群衆を成している。奴ら一人ひとりがコリー先生とジョタリカットのリンチに加担したのだ。奴らが全員で掘った沈黙の井戸にアマドゥの母親は日々降りているのだ。

憎悪の海は水位を上げ続け、じき満潮に達し、二度と再び下がる余地はない。僕は今から外へ出る。出て行って奴らにとって最も忌むべき悪夢であると同時に見つけ出して心ゆくまで殺したいと夢見ている存在になってやる。そう、ゴール・ジゲンに。外へ出て、なにより耐えがたい苦しみの惹起となにより貴重な贈り物の授与とをいっぺんにやってのけよう。つまりホモに、奴らが理屈抜きの反発ゆえに慄《おのの》きつつ、仄暗《ほのぐら》い殺戮の欲動ゆえに求めてやまないだろうホモ野郎に変身して。唾でも痰でも吐きたいだけ吐きかければいい。この身をずたずたに噛みちぎればいい。骨を砕いて裸に剥いて通りを引きずり回せ。俺を罵り俺の亡き母親を侮辱して、生きるに値しないとジャッジして、歯を叩き折り、奴らが嘲する通りのしゃぶり上手に仕立て上げ、リンチの末にはらわたを掻き出し腐った獣の骸《むくろ》よろしく野晒しにしてみせろ！　ラバに見立てて背中に自らの憎悪を積み上げるがいい。そうやってますます膨らまされた俺の憎悪はやがて奴らのど真ん中で爆発し俺たちは一人残らず憎悪にまみれてくたばるんだ。潰瘍みたいに潰れ、煮え立つ酸の泡みたいに弾けた憎悪に。憎むのは奴らの専売特許ってわけじゃない。後生だから、是が非でも俺を主役に動画を撮ってくれ！　撮られながら死んでいく途方もない特権を与えてくれ！　それこそが俺の望むところ。飛びこむんだ。最高にご機嫌な暴力の爆燃に、一人でも多く道連れに引きずりこんで。それが俺たちみんなに、我ら、かくも残忍な争いに踊る卑しい生物にふさわしいのだから。もうなにも怖くない。黒く巨大な力の代行者たる僕の前に、まだ残っているわずかばかりの生きる理由と愛する理由が取るに足らないものとなってゆく。ラマ、アジャ・ンベンヌそして、誰より、お父さん、許してください！　今から目に浮かぶようだ。墓前に跪《ひざまず》き、わななく両の手で泣きながら僕を掘り起こすお父さんの、なおも愛情と恥辱に引き裂かれている姿が……。

廊下をゆっくりと歩き始め、出口の方へ向かう。明かりが再び点灯し、時を同じくして、僕の心に、いまや湯気を立てている憎悪の海に混ざって押し寄せてくる、どうしようもない軽やかさ。それは素朴で、純粋で、清らかな喜びに他ならず、じき僕の心臓に、腹に、頭に、激烈な一撃を食らわすだろう。ほとんど痛ましいと言ってもいい光景だ。足音が惚れ惚れするような不吉さで死亡待機所の風情を湛《たた》えた病院に響き渡る。それは最後の廊下を行く男の足音。その昏《くら》さのあまり男の目には果てに煌《きらめ》く時に刺すような、時に神々しい光しか映らない。そうしてその狭さのあまり受刑者はもはや踵《きびす》を返したりはできない。僕は前に進むことしかできない。前に進むことしかしたくない。もはや一切の後戻りは可能でも望ましくもない。進む、でも何に向かって？　人はいつか何かに向かって進めるのだろうか？

さっき、ラマを家の前で降ろした。ラマは僕と一緒にいたがった。僕は、ひとりになりたい、ひとりきりで過ごしたい、せめて今夜だけは、と告げた。ラマはまだなにか言おうとして、けれど長い沈黙の末にようやく頬に口づけすると車を降りた。歩道に立ったまま、悲しみにも似た表情で僕を見つめるラマ。車を出してからもずっと、僕はバックミラーに映る彼女の姿、自分に注がれ続ける沈んだまなざしを、夜に呑みこまれてしまうまで見続けていた。助手席には、ラマが残していった長いドレッドがひと房置かれていた。

病院へ来る前に、僕はアマドゥの墓へ足を運んだ。あれからまた墓を暴かれ二度までも掘り出されていはしないかと心配だった。けれど石はそこに、整然と並んで、侵すべからざる空間を浮き上がらせていた。誰も来てはいなかったし、もう二度と誰も来ることはないだろう。すなわち彼はついに死んだのだ。その墓の素朴さに僕は不意に胸を突かれた。まるで初めて目にしたかのように。四つの石は装飾の削ぎ落とされた壮麗な霊廟のように思われた。ふとなにか書き記そうかという考えが頭をよぎった。僕はあの木から小さな枝を折り取ると石で区切られた空間の上に掲げ、碑文に代えて砂に記すべき文句が降りて来るのを待った。枝はしばらくのあいだ墓の上で宙ぶらりんになっていた。なにひとつ思い浮かばなかった。しまいに僕は枝を投げ捨てた。なにか書きつけたりして、墓からその手つかずのうつくしさを剥ぎとってしまえば、他でもない自分が、冒涜者になってしまうと独りごちながら。

廊下。もうじき外に到達する。僕もそうなのか？　そう……違う……どうでもいい。人々の声が、ざわめきが語り、決定し、そうだと布告した。すなわち僕もそうなのだ。そうでなければならないのだ。人々が、外にいるあいつらが、よりよく生きるために僕がそうであることを必要とするのなら、僕がそうなり、役割を徹底的にまっとうすればみんな満足だろう。奴らは生きる役、僕は死ぬ役。もしかしたら、死んだ後になってようやく、僕が贈ってやったものの意味に気づくかもしれない……。そうして僕を褒め称えるだろう。冷えきった足に口づけし棺を取り囲むだろう。聖人の棺のごとく。僕を処刑した者たちの中には、怒りも解けて、僕を良く言う者も出てくるだろう。危険を冒す心配はない。

なにしろ良いホモは死んだホモだけなのだから。町の熱気が早くも顔に絡みつく。ざわめきが近づいて来る。僕は同志を迎えるようにして両腕を広げる。正気でいること……。ラマが話していたあれ。正気でいること……。これこそまさにそうなのかもしれない。あと数歩も進めば僕は正気に目が眩《くら》むだろう。僕は自分なりの選択をした。ここでは皆、正義の体現者であるためなら人殺しも厭わない。それなら僕は、死ぬことも厭わない。唯一まだ可能な悪の化身であるために。

不純な私たち――訳者あとがきに代えて

「セネガルにおいて良い同性愛者として認められるための選択肢は3つ。隠れて生きるか、道化になるか、死んでいるか、です」

そんな衝撃的な見出しがフランスの日刊紙Le Monde（オンライン版）に躍ったのは2018年5月25日のことです。オープンリー・ゲイの男性が議員に選出されたり、世田谷区がパートナーシップを導入したり、お茶の水女子大学がトランスジェンダー女性の受け入れに向けた動きを本格化させたりと、家父長制的な価値観が未だ根強く残る日本においてすらLGBTQと呼ばれる人々を障害する社会制度の在りかたにようやくいくらか改善の兆しがみられつつあった当時、とりわけ3つめの――「良いインディアンは死んでいるインディアンだけだ」というアパッチ戦争由来の文句を明らかに意識した――表現は極めて鮮烈に感じられました。

思わずクリックしてみると、目の前に開かれたのはモハメド・ムブガル＝サールなるセネガル人作家のインタビュー記事。パリの社会科学高等研究院博士課程にて学ぶ傍《かたわ》ら小説を執筆しているという27歳の彼が、この度セネガル社会における同性愛タブーをテーマとして実際に起きた墳墓発掘事件を元に新作を書いたとのことで、同国では同性愛が西洋人の持ちこんだ退廃思想、あるいは病だとみなされており、支配的な宗教の教義に抵触するため議論の余地すら認められず弾圧の対象となっているのだ、と厳しい口調で訴えていました。

記事の中では「支配的な宗教」について具体的な言及こそなされていませんでしたが、私の頭に自ずと浮かんできたのはイスラーム教でした。セネガルを含む西アフリカ一帯は1000年以上も前から金の産出地として広く知られ、サハラ砂漠を越えて交易に従事したムスリム商人たちによって早くからイスラーム化の進んだ地域だからです。そしてイスラーム世界の人々といえば、イスラーム協力機構によって1990年に採択された「イスラームにおける人権に関するカイロ宣言」が全面的にイスラーム法に依拠している事実からもわかる通り、西洋近代が打ち立てた人間中心主義や人権思想と容易には相容れない価値体系を奉じているという印象は否めません。

そこでセネガルの宗教事情について改めて調べてみたところ、全人口（約1700万人）のうち実に約96％をイスラーム教徒が占めていることがわかりました（残り3・6％がキリスト教、0・3％が伝統宗教を信仰）。近隣のモーリタニア（約99％）、ガンビア（約95％）、マリ（約94％）と併せて、辺り一帯が強固なイスラーム圏を形成していると考えられます。

他方、一口にイスラームと言っても、アメリカでは葬儀の礼拝や同性婚に際しての儀式を執り行ったり、講演活動を展開したりするゲイのイマームが現れ、クルアーンを始めとしたイスラームの聖典を再解釈する試みも始まっています。また、フランスでは2012年、ゲイのイマームの働きにより欧州で初めて性別やセクシュアリティに関係なく礼拝できるモスクが開設されました。さらに、2019年には同じくフランスで初の女性イマームが「誕生」し、モスクの開設計画を発表して注目を集めるなど、変化の気運がないわけではありません。ただ、こうした事例はいずれも欧米に留まっているうえ、激しい反発に晒《さら》されたり、異端として貶《おとし》められたり、関係者に殺害予告まで寄せられる事態まで報告されているほど。

個人主義の発達した欧米でさえそうであると考えると、アフリカ社会の、セネガルのLGBTQはいったいどれほど過酷な状況を生きているのだろう。それを「書いた」というのなら、まさしく今の時代に読まれるべき文学なのではないか。そう直感した私は、ただちにエージェントを通じて本作『純粋な人間たち（原題：De purs hommes）』のＰＤＦを入手しました。そうして類い稀なる濃密な文体と過剰ともいえる仕掛けの数々に苦戦しながら、読むほどに溺れ、溺れるほどに確信を深めてゆきました。

これは、私たちの物語だ。

東北アジア日本の東京に育った私が西アフリカ最西端のセネガルはダカールに育った彼の詩の密林に分け入り、突き出た枝に目を突かれたり蔦《つた》に足をとられて転びそうになったりしながらも夢中で先を急いだのは、広義のオリエンタリズムや知的好奇心の故ではありません。

もちろん、ダカールで眠らない夜を過ごす人々の描写を皮切りに、伝統的な祝祭であるサバールの様子、セネガルの国歌にも冠されている民族楽器コラの音色たゆたうバーでのひとときなど、異国情緒溢れる場面は物語を通じて随所に見られます。また、公私を問わずあらゆる空間でイスラームを意識して生きている人々の姿、なかんずく「人間拡声器」ジョタリカットが登場するモスクでの一景などは、ムスリムが全人口の１％にも及ばない日本に暮らす人々の社会学的、文化人類学的興味を惹きつけてやまないでしょう。ましてそのすべてに作者の魔術的とすらいえる奔放な修辞の力が圧巻の詩性を横溢させているのですから、読者は至福の時間に（そして訳者は地獄の業火に）包まれることが約束されています。

しかしそれにもまして私が「私たち」を見出したのは、たとえば厳格なムスリムである父親が放つこんな台詞でした。

私は同性愛嫌悪主義者なんかじゃない。【中略】ただこの国であああいう行為や、あいう存在が普通だとみなされるのが嫌なだけだ。それが同性愛嫌悪だというんなら、それでいい。どこの国にだって依って立つ価値観というものがある。この国に生きる我々の価値観とは相容れない。ただそれだけのことだ。

また、実母に勝るとも劣らない愛情で主人公を包みこむ継母も言います。

要するに白人の真似がしたいんでしょ。わかってないのね、あっちの、白人の世界には向いていることでも、この国には馴染まないっていうのが。私たちには私たちの文化とか、伝統ってものがあるんだから……。

もしもセネガルやイスラームといった一切の前提を伏せてこの言葉を読んだとしたら、みなさんはそれでもこれをどこか遥か遠い国の、日本では少数派としてほとんど無視されている人々の思想だとただちに見抜くことができるでしょうか。あなたの隣のまじめな人や、よく顔を合わせる優しい知人の口から、同趣の言葉が零れだす瞬間が想像できないと断言できるでしょうか。

人と物の移動が劇的に活発化し、テクノロジーの進歩によって地球の裏側で起きていることが瞬時に情報として切り取られては拡散され、「文化的引きこもり」の可能な場所が地上から消滅した昨今、むしろこうした論法は同性愛嫌悪にかぎらず、マジョリティの価値観を揺さぶらずにおかない多くの社会問題を語るうえでさまざまに姿を変えて現れます。「世界は自分の信じていた姿をしていないのかもしれない」という不安に苛《さいな》まれた時、自らが帰属する社会集団に固有の「純粋さ」に回帰してサバイブしたいと願うのは、人間という存在が背負わされた業といってもいいかもしれません。

作中ではそんな人間の哀しい防衛機制を、アメリカ帰りで人権保護活動に従事するアンジェラが次のように喝破します。

世界中どこの国のどこの国民も、外国人や異郷の人間を退廃の元凶に仕立て上げて責め立てる。自分たちの目に「退廃」と映るものの元凶としてね。【中略】試しにさ、街を歩いて、適当にその辺の人にどうして同性愛者ばかりそんなに憎むのか訊いてみなよ。きっと「信仰に反する！」以上のことは言えない。「ここの文化にはないから」とか言いながら具体的な例なんかひとつも挙げない。

翻って、「世界中どこの国のどこの国民も」という彼女の言葉にある通り、西洋近代もまた、加速する現代人のよるべなさを解決する魔法ではありえません。フランスのムスリム哲学者アブデヌール・ビダール氏は、2014年、「イスラーム国」が「建国」されたのを受けて発表した「イスラーム世界への公開書簡」の中で、イスラーム世界の現状を「悲惨と苦悩の状態」にあり、癌に冒されていると容赦なく批判した上で、搾取と消費の楽園に堕した西洋の深刻な行き詰まりにも告発の言葉を向けています。

近代西洋は、人間の尊厳を十全に輝かせてそれを絶対的な価値にすることができなくなっている。人間の尊厳を神聖なものとして尊重させることができず、恥ずべき不平等の世界を産み出した。そしてかつても現在も、近代西洋はあまりに多くの人びとをその支配と繁栄の奴隷にしてきたので、その人間の尊重についての美辞麗句は、もはや誰にも印象を与えることができなくなっている。

純粋な宗教規範への回帰と、純粋な人間中心主義の推進。一見すると正反対に思える両者にはしかし、ひとつ明らかな共通点があります。いずれも「現在」の否定から出発していることです。前者は下降史観に、後者は進歩主義に基づき、いわば現在を「不純」な状態と位置づけて、より純粋だった過去へ戻ろうと、あるいはより純粋な未来を作り出そうとしているのです。

でも、今、ここを生きる現在の私たちはそんなに「不純」なのでしょうか。あるいはまた、「不純」であることは絶対的な罪なのでしょうか。

伝統を大切にし、先人に学び、超越的な存在を奉じて自らを戒めるのは尊いことです。旧弊な価値観に囚われず、自由な新しい明日を勝ち取るべく戦い続けるのは眩《まぶ》しいことです。前者がなければ今の私たちはなく、後者がなければこれからの私たちはありません。逆もまた然りです。

一方で、唯一不変の純粋な価値観を同定することは常に困難です。今を生きる私たちは、今正しいとされていることがいつから正しかったのか完全には知りえません。神々や聖人の言葉と呼ばれるものは時代や地域や立場に応じて解釈が変わり続けています。
来るべき純粋な未来に確信を抱きすぎることは時に危険です。今を生きる私たちは、今正しいとされていることがいつまで正しくありつづけるのか十全には知りえません。人間が犯してきた巨大な過ちの中には「浄化」や「革命」と呼ばれてきたものが数多くあります。

今を然るべく迷いながら生きる私たち人間は皆、かくも小さく、無力で、不安定で、「不純」で、そうしてどこまでも、あまりにも、「ただの」人間なのではないでしょうか。

本書『純粋な人間たち（De purs hommes）』に付された「purs（純粋な）」という形容詞は、「純然たる、単なる、ただの」という意味にもなりえます。そしてこのことは、最終局面へと進む主人公ンデネの歩みを、ひときわ明るく照らし出します。

僕は前に進むことしかできない。前に進むことしかしたくない。もはや一切の後戻りは可能でも望ましくもない。進む、でも何に向かって？　人はいつか何かに向かって進めるのだろうか？

ラストシーンに至り、彼はある決断をします。支配的に振る舞うひとつの正義に対し、自らの信じる正義を絶対化して殲滅《せんめつ》戦を仕掛けるのではなく、破滅的な二項対立を超克した地平で下されたその大きな決断を通じて彼が問い直そうとするものこそ、宇宙の片隅でなにも知りえぬまま呼吸しながら不安に耐えて今とこれからを諦めない「ただの」私たちの「不純な」尊厳に他ならないように、私には思えてなりません。

最後に、本書の出版を実現させるにあたってはたいへん多くの方のご助力とご厚意を賜りました。とりわけ持ちこみ先を探していた私のレジュメを読んで「おもしろそうだし自分も読んでみたい！」と快く仲介の労をとってくれた友人で翻訳家の三辺律子さん。数多の困難とアクシデントに見舞われながらもへこたれることなく訳者を信じ、作品を愛し、信念をもって最後まで走り抜けてくれた英治出版の桑江リリーさん、安村侑希子さん。そして難民支援活動に奔走されているにもかかわらず弟子の窮状を案じて幾度となく救いの手を差し伸べてくださった萩原芳子先生にはどれだけ感謝の言葉を捧げても足りません。

みなさんのご尽力がなければ、当時の日本では誰も知らなかった若い才能を世に送り出すことは叶いませんでした。この場をお借りして改めてお礼を申し上げます。

2022年10月末日

平野暁人

[著]

モハメド・ムブガル＝サール

Mohamed Mbougar Sarr

1990年、セネガルはダカールに生まれる。医者の父親をもち、セネガル随一の名門高校を卒業後、渡仏。名門グランゼコールの１つとして知られる社会科学高等研究院に入学し、現在も博士課程に在籍。

2015年、ジハーディストに占拠されたサヘル（北アフリカの丘陵地帯）の架空の村を舞台にしたデビュー作『Terre ceinte（仮題：囲まれた地）』でアマドゥ・クルマ文学賞受賞。2017年、シチリア島のある村へ流れ着いた移民たちを描いた第２作『Silence du choeur（仮題：聖歌隊の沈黙）』でサン・マロ市主催世界文学賞受賞。2021年、『La plus secrète mémoire des hommes』で、フランスで最も権威のある文学賞の一つであるゴンクール章を受賞。

[訳]

平野暁人

Akihito Hirano

翻訳家（日仏伊）。戯曲から精神分析、ノンフィクションまで幅広く手掛けるほか、舞台芸術専門の通訳者としても活躍。加えて近年はパフォーマーとして国内外の舞台に出演しつつある。主な訳書に『隣人ヒトラー』（岩波書店）、『「ひとりではいられない」症候群』（講談社）など。

［英治出版からのお知らせ］
本書に関するご意見・ご感想を E-mail（editor@eijipress.co.jp）で受け付けています。
また、英治出版ではメールマガジン、Web メディア、SNS で新刊情報や書籍に関する記事、イベント情報などを配信しております。
ぜひ一度、アクセスしてみてください。

メールマガジン：会員登録はホームページにて
Web メディア「英治出版オンライン」：eijionline.com
ツイッター：@eijipress
フェイスブック：www.facebook.com/eijipress

純粋な人間たち

発行日	2022 年　12 月 19 日　第 1 版　第 1 刷
著者	モハメド・ムブガル＝サール
訳者	平野暁人（ひらの・あきひと）
発行人	原田英治
発行	英治出版株式会社
	〒150-0022 東京都渋谷区恵比寿南 1-9-12 ピトレスクビル 4F
	電話　03-5773-0193　　FAX　03-5773-0194
	http://www.eijipress.co.jp/
プロデューサー	桑江リリー
スタッフ	高野達成　藤竹賢一郎　山下智也　鈴木美穂　下田理
	田中三枝　安村侑希子　平野貴裕　上村悠也　石﨑優木
	渡邊吏佐子　中西さおり　関紀子　齋藤さくら　下村美来
装丁	尾原史和（BOOTLEG）
装画	Shapre
校正	小林伸子
印刷・製本	中央精版印刷株式会社

ISBN978-4-86276-312-9　C0097　Printed in Japan